Janita Pauliks

Internat Gut Wolkenstein

Ab auf die Insel

Janita Pauliks

Internat Gut Wolkenstein
Ab auf die Insel

Janita Pauliks

Internat Gut Wolkenstein

Ab auf die Insel

SCM

SCM

Stiftung Christliche Medien

Der SCM Verlag ist eine Gesellschaft der Stiftung Christliche Medien, einer gemeinnützigen Stiftung, die sich für die Förderung und Verbreitung christlicher Bücher, Zeitschriften, Filme und Musik einsetzt.

FSC
www.fsc.org
MIX
Papier aus verantwortungsvollen Quellen
FSC® C083411

Internet: www.scmedien.de; E-Mail: info@scm-verlag.de

S. 25: Psalm 139, 14-16; S. 58: Psalm 34, 18+19; S. 137, 141: Psalm 147, 3-5;
S. 151: Markus 9, 23; S. 169: Jesaja 43, 19

Coverillustration: Elke Broska, Wiesbaden
Satz: Katrin Schäder, Velbert
Druck und Bindung: CPI books GmbH, Leck
Gedruckt in Deutschland
ISBN 978-3-417-28721-9
Bestell-Nr. 228.721

Das ist Mila,

eigentlich Melanie. Melanie Meisentöter. Weil ihre Oma einen Schlaganfall erlitten hat, musste sie ihr Zuhause verlassen und auf das Internat Gut Wolkenstein ziehen. Milas Vater ist nämlich Pilot und daher selten zu Hause, ihre Mutter verschwand kurz nach Milas Geburt. Durch die Unterstützung der Mädchen aus der Schulband, aber auch weil sie erlebt, dass Jesus ihr hilft, fühlt sich Mila im Internat bald pudelwohl. Das liegt auch an ihren Freundinnen Lissy, Ela und vor allem Tonne.

Wären da nur nicht die Mädchen aus der Theatergruppe, die es auf die Schulband abgesehen haben! Ständig gibt es Zickereien und Ärger. Als es zu einer Schlägerei zwischen Mila und Janine, der Anführerin der Theatermädchen, kommt, müssen die beiden ihre Strafe gemeinsam absitzen. Dabei finden sie heraus, dass sie sich eigentlich ganz gut verstehen. Die Musik- und Theatermädchen beschließen, gemeinsam an einem Musicalwettbewerb teilzunehmen. Nach einigen Aufregungen gewinnen sie sogar den ersten Preis: eine Reise nach England …

Inhalt

Prolog

Ich liege auf meiner flauschigen Bettdecke und stecke die Nase ins Kissen. *Soll ich, soll ich nicht …*, kreist es mir durch den Kopf. Ich ziehe mit zitternden Fingern den zerknickten Briefumschlag aus der Hosentasche meiner selbst gebatikten Jeans und lege ihn vor mich auf das Kissen. In sauberer Handschrift steht mein Name auf dem Kuvert: „An Melanie Meisentöter".

Mal wieder steigt Ärger über diesen schrecklichen Nachnamen in mir auf. Doch der wird schnell durch megaviel Stolz verdrängt; schließlich hat mir mein Papa diesen Namen vererbt und meine Omi heißt genauso. Ich muss schmunzeln, denn wenn eines feststeht, dann, dass ich die beiden von Herzen liebe.

Wieder blicke ich auf den Briefumschlag, der vor meiner Nase liegt. Ich streiche ihn mit der Hand glatt und drehe ihn um. „Mirijam Vogt" steht in feinen Druckbuchstaben auf der Rückseite. Sie betteln mich förmlich an, den Brief endlich zu öffnen und zu lesen. Mir rollt eine Träne über die Wange. Wie eine Katze, die sich vor einem Bad sträubt, wehrt sich etwas in mir, mich mit dem Inhalt des Briefes auseinanderzusetzen. Schon seit Tagen kämpfe ich mit der Entscheidung, diesen Brief zu öffnen oder einfach wegzuschmeißen. Nicht nur einmal habe ich ihn in den letzten Tagen wieder aus der Papiermülltonne gekramt.

Mein Blick gleitet jetzt durch mein Zimmer. An das Fenster prasseln Regentropfen, die in winzigen Flüsschen an der Scheibe herunterrinnen. Im Raum riecht es nach frischer Wäsche und Lavendel. *Omi konnte es wieder nicht sein lassen*, denke ich und muss grinsen. Sie liebt Lavendel so sehr, dass sie jeden Raum damit dekorieren muss, zu dem sie Zugang bekommt.

Was soll mir passieren?, überlege ich weiter. *Mein Vater im Himmel hat schließlich einen wundervollen Plan für mein Leben.*

Ich erinnere mich an die Ängste, die ich hatte, als feststand, dass ich auf ein Internat gehen soll – viel zu weit weg von meinem geliebten Papa und meiner Omi. Ein Schmunzeln huscht mir über das Gesicht, weil gerade dieser Ort, das Internat Gut Wolkenstein, zu so einem besonderen Ort für mich geworden ist.

Was die anderen wohl jetzt treiben?, grüble ich und sehe Ela, eine meiner Internatsfreundinnen, vor meinem inneren Auge. Mit hundertprozentiger Sicherheit schiebt sie sich in diesem Moment ihre neue Errungenschaft in den Mund: Erdnusstörtchen. Ein flüchtiger Gedanke an meine beste Freundin Tonne lässt mein Herz höherschlagen. Sie hat es tatsächlich fertiggebracht, die schweigsame Luisa zum Lachen zu bringen. „Was für ein Wunder!“, lache ich laut, schließe die Augen und erinnere mich an unseren Ausflug nach England in der letzten Woche.

Zwei Wochen vorher:

Vorfreude

„Mensch Leute, könnt ihr das glauben? In einer Woche schon werden wir als ganze Klasse irgendwo in England am Meer sitzen und uns englischen Cream Tea servieren lassen!" Janine lässt sich neben mich auf das Bett plumpsen, das daraufhin einen ächzenden Laut von sich gibt.

„Wer erlaubt euch allen eigentlich, euch auf mein Bett zu plauzen?", sage ich gespielt empört. „Wenn es sich weiterhin die halbe Welt darauf bequem macht, dann schlafe ich besser in einer Hängematte."

„Warum habt ihr auch keine Sofaecke in eurem Zimmer? Dann bräuchten wir nicht immer auf euren quietschenden Betten zu sitzen, Mila", kontert Ela und krümelt eine Ladung Kekse über mein Bett.

Ich freue mich, dass die Mädchen im Internat mich bei meinem Spitznamen nennen. Melanie mag ich nämlich gar nicht gerne. Trotzdem stupse ich Ela an und fordere sie mit einem bösen Blick auf, mein Bett wieder zu säubern. Halbherzig folgt Ela meiner Aufforderung.

„Ich stelle einen Antrag auf ein größeres Zimmer", schnauft Tonne, auf deren Bett sich fünf weitere Mädchen tummeln.

„Och, nö!", jault da Lissy auf. „Es ist doch irre gemütlich hier bei euch."

Tonne und ich sehen uns kopfschüttelnd an. „Da ist wohl nichts zu machen", grinse ich. „Aber bald sind wir sowieso für ein ganzes Weilchen an einem schöneren Ort."

„Wer hätte gedacht, dass wir tatsächlich die Fahrt nach England gewinnen würden, als Janine vor den Sommerferien mit ihrer Idee ankam, bei dem Musicalwettbewerb mitzumachen?", fragt Frieda und schnipst sich eine Haarsträhne aus dem Gesicht.

„Unglaublich, aber wahr!", jubelt Janine auf. „In einer Woche sitzen wir schon im Bus!"

„Das ist wirklich ein toller Abschluss vor den Herbstferien", ergänzt Tonne.

Im nächsten Moment erfüllt ein freudiges Geschnatter das Zimmer. *Man kann die Vorfreude fast mit Händen greifen*, denke ich und bilde mir ein, sie zwischen den Köpfen meiner Freundinnen knistern hören zu können.

„Willst du auch was?", fragt mich da Ela und hält mir eine Tüte mit Chips unter die Nase.

Das war das Knistern, stelle ich fest und schüttle den Kopf.

In diesem Moment schiebt sich Pauline durch die Zimmertür. „Habt ihr noch ein Plätzchen für mich?", fragt sie und quetscht sich, ohne auf eine Antwort zu warten, mit auf mein Bett, das nun anfängt ziemlich laut zu knacken.

„Sinnlos!", schnaufe ich und verdrehe die Augen.

„Das kannst du laut sagen", unterbricht mich Pauline. „Eigentlich mache ich den Begrüßungsjob für die Neuen ja gern. Man lernt jedes Mädchen, das hier zu uns kommt, als

Erste kennen und kann die, die es brauchen, ein wenig aufmuntern." Pauline macht eine kurze Pause und zwinkert mir zu. Ich muss an meine Ankunft auf Wolkenstein denken und erinnere mich an Paulines freundliches Mondgesicht, das mich hier in Empfang genommen hat.

„Aber bei der Neuen, die ich gerade getroffen habe, ist das mehr als sinnlos, sage ich euch", fährt Pauline fort. „Ich hätte mich auf den Kopf stellen können, mir ein Gurkenbrot mit meinen Füßen in den Mund stecken und dabei ‚Edeltraut' singen können; die hätte keine Miene verzogen, geschweige denn etwas gesagt. Kein Wort hat sie über die Lippen gebracht – nicht einen Piep. Ich bin völlig fertig, sage ich euch! Habt ihr schon mal versucht, mit einem Goldfisch ein Duett zu singen?", fragt sie in die Runde und alle blicken nur verwirrt in ihre Richtung. „So ähnlich habe ich mich gefühlt. War echt froh, als ich sie beim Rex abliefern konnte." Ein tiefer Seufzer macht klar, dass es Pauline wirklich ganz schön mitgenommen hat. Janine legt tröstend ihren Arm um Paulines Schultern, die noch mal laut aufstöhnt.

„Wird schon", meine ich aufmunternd. „Wir Mädchen von Gut Wolkenstein haben schon so einige harte Nüsse geknackt."

Da verwandelt sich Paulines niedergeschlagener Blick in ein breites Grinsen. „Du hast recht! Wenn es jemand schafft, dann sind wohl wir es."

Alle stimmen kichernd zu und bald ist unsere bevorstehende Englandfahrt wieder der Grund für die nicht gerade leisen Gespräche in Tonnes und meinem Zimmer.

Irgendwie bin ich froh, als ich am Abend alleine in unseren Schafstall gehen kann. *Endlich Ruhe!*, denke ich dann und muss grinsen, weil man die hier im Internat manchmal echt suchen muss. Ich lasse mich auf einen Strohballen plumpsen und streichle dem Schaf Mecky durch sein fettig-wolliges Fell.

„Du wirst immer mein Kleiner bleiben", sage ich und erinnere mich, wie ich das kleine Wollknäuel mit der Flasche gefüttert habe. Die Verantwortung, die ich damit für das Lämmchen in den ersten Tagen hier auf Wolkenstein hatte, hat mich damals von der Trennung von Papa und Omi abgelenkt. „Schön, dass ich dich habe", flüstere ich dem inzwischen großen Schaf ins Ohr und streichle ihm über die Nase. „Danke Gott, dass du immer da bist. Und danke, dass du alles gut machst", bete ich.

Nachdem ich eine ganze Weile mit meinem Schaf gekuschelt habe, schlüpfe ich aus der Stalltür und flitze rüber zum Haupthaus. Alles ist schon verdächtig ruhig und dunkel. Ich sehe auf die große Standuhr, die den langen Flur mit ihrem dumpfen Ticken erfüllt. *Ups, da habe ich wohl ein bisschen die Zeit vergessen,* erschrecke ich mich.

Gerade als ich um die Ecke schleichen will, um zu Tonnes und meinem Zimmer zu laufen, taucht vor mir im Dunkeln eine Person auf, mit der ich zusammenpralle. Ich bekomme fast einen Herzinfarkt. Schnaufend schnappe ich nach Luft und erkenne im schummrigen Licht des Flures Luisa, das neue Mädchen im Internat.

„Tut mir leid, dass ich dich fast über den Haufen gerannt habe“, japse ich.

Doch Luisa dreht ihr Gesicht ruckartig weg und ich sehe nur noch, wie eine schimmernde Träne ihre Wange herunterläuft. Bevor ich darauf reagieren kann, läuft Luisa den Flur entlang davon.

„Sorry!“, flüstere ich, obwohl ich genau weiß, dass sie das bestimmt nicht mehr hören kann.

Ich sprinte los. Als ich gerade durch meine Zimmertür schlüpfen will, öffnet sich eine andere Tür im Gang und ein heller Lichtstrahl trifft mich.

„Guten Abend, Frau Meisentöter!“

Mir läuft ein Schauer über den Rücken.

„Wo kommst du denn jetzt erst her?“, höre ich die Stimme von Frau Spießlig über den Flur krächzen.

Warum muss Gitty gerade heute ihren freien Tag haben?, denke ich. Normalerweise hat sie nämlich die Aufsicht über unseren Flur. Sie hätte bestimmt nichts gesagt, wenn ich ein paar Minuten nach der Nachtruhe gekommen wäre. Nach einem kurzen Verhör und einer Rüge darf ich endlich in mein Zimmer gehen. Ich atme tief durch, als die Tür hinter mir ins Schloss fällt.

„Dass du auch gerade an Gittys freiem Tag deine Zeit mit diesem Schaf verträumst“, murmelt Tonne, die schon im Bett liegt. „Du weißt doch, dass der Hausdrache jeden bemerkt, der sich nach Schlafenszeit über den Flur schleicht.“

„Luisa hat sie jedenfalls nicht bemerkt“, schnaufe ich und ziehe mir schnell meinen Lieblingsschlafanzug über.

„Du hast die Neue da draußen getroffen?“, fragt Tonne ungläubig und richtet sich auf.

„Sie hat mich fast zu Tode erschreckt, als ich um eine Ecke gebogen bin“, berichte ich.

„Wie kann jemand, der Meisentöter heißt, so schreckhaft sein?“, witzelt Tonne.

„Ich habe mir den Namen nicht ausgesucht“, knurre ich und funkle Tonne mit zusammengekniffenen Augen an.

„War ja nicht so gemeint“, lächelt Tonne entschuldigend.

„Ich glaube, Luisa geht es nicht gut“, sage ich eher zu mir als zu Tonne.

„Du bist wirklich ein Schnellmerker“, sagt Tonne ironisch. „Wenn jemand kein Wort redet und sich bewegt, als habe er einen Stock verschluckt, muss es ihm doch schlecht gehen, oder?!“

Ich nicke und kuschle mich in mein Bett. „Sie hat geweint, als ich sie auf dem Flur getroffen habe“, flüstere ich.

„Oh“, meint Tonne mitleidig und knipst ihre Nachttischlampe aus. „Dann ist es vielleicht noch schlimmer als es aussieht.“

Nach kurzer Zeit höre ich Tonnes tiefes Atmen und wünsche mir mal wieder, ich könnte auch so schnell einschlafen wie meine Freundin. Aber stattdessen starre ich die kahle Decke an und versuche meine Gedanken über Luisa, die mich nicht schlafen lassen, zu verscheuchen.

Ein überraschender Brief

In den nächsten Tagen laufen die Vorbereitungen für unsere Fahrt nach Südengland auf Hochtouren. Im Geografieunterricht stöbern wir durch Reiseführer und studieren Karten, um interessante Plätze rund um Penzance, wo wir die letzte Schulwoche vor den Herbstferien verbringen werden, zu finden.

„Wir müssen unbedingt nach St. Ives", sagt Janine und tippt mit ihrem Zeigefinger auf der Karte auf einen Ort am Meer. „Da spielt ein Film, den ich neulich gesehen habe – dort muss es echt romantisch sein."

Wir anderen, die wir unsere Köpfe mit Janine über die Karte gebeugt haben, verdrehen stöhnend die Augen.

„Rosamunde Pilcher lässt grüßen!", lacht Ela und beißt von einem Salamibrot ab. „Ich hoffe vor allem, dass die da einigermaßen gutes Essen haben. Dann kann ich auf die Romantik gern verzichten."

Alle Mädchen fangen nun an zu lachen und ich wundere mich mal wieder, warum Ela noch nicht wie ein Sumoringer aussieht – bei ihrem sehr gesunden Appetit.

In der Chemiestunde führt uns Frau Mosel ihr neustes Rezept gegen Reisekrankheit vor: „Extra für euch entwickelt, damit ihr die Bus- und Schifffahrt auch gut übersteht." Sie winkt mit einem weißen Tütchen vor unseren Augen hin und her.

„Hoffentlich ist das nicht explosiv!“, stöhne ich, denn ich erinnere mich an die letzten Versuche unserer sehr experimentierfreudigen Lehrerin.

„Wird schon nicht“, meint Tonne.

„Damit ihr die Wirkung beobachten könnt, werde ich heute einen Selbstversuch damit starten“, dringt die Stimme von Frau Mosel zu uns durch. Ein Raunen geht durch das Klassenzimmer.

Frau Mosel schiebt einen Drehstuhl vor die Klasse. Dann fährt sie fort: „Ich werde gleich einen Teelöffel von diesem wunderbaren Pulver in einem Glas Wasser auflösen und mich dann auf diesen Stuhl begeben. Dann benötige ich drei Freiwillige, die mich fünf Minuten lang auf dem Stuhl drehen.“

Sofort schnellen alle Finger in die Luft. Mein Blick fällt zufällig auf Luisa, die als Einzige ihre Hände still gefaltet in ihrem Schoß liegen lässt.

Nachdem sich Frau Mosel ihre Folterknechte ausgesucht hat, löst sie das Pulver in einem Glas Wasser auf und trinkt aus. Dann setzt sie sich auf den Drehstuhl und gibt Pauline die Anweisung, die Zeit zu stoppen. Neben Pauline steht Nele, die das Experiment mit der Kamera filmen soll. Wir anderen haben uns mittlerweile in die ersten Reihen gequetscht, um uns den Spaß anzusehen und warten gespannt auf das Startsignal.

„Auf die Plätze, fertig, los!“, ruft Frau Mosel. Die drei Mädchen wollen gerade mit aller Kraft losdrehen, als Frau

Mosel in sich zusammensackt und laut anfängt zu schnarchen. Alle sind etwas irritiert und blicken auf die schlafende Lehrerin.

Da stellt sich Tonne neben den Stuhl und deutet zur Kamera. Mit verstellter Stimme und hochgezogenen Augenbrauen spricht sie ernst zu der wartenden Gruppe: „Meine Damen, ich befürchte, wir müssen den Start des Experimentes um einige Stunden verschieben, da unsere Testperson in einen Tiefschlaf gefallen ist. Vielleicht ist hiermit aber auch die absolute Wirksamkeit des Mittels bewiesen. Mit hundertprozentiger Sicherheit kann es unserer Testperson nun gar nicht mehr schlecht werden."

Alle kreischen vor Lachen.

Nachdem sich minutenlang nichts getan hat und unsere Lehrerin trotz verschiedenster Aufweckmethoden nicht mehr aufwachen will, sondern immer noch vor sich hinschnarcht, lassen wir die Kamera weiter auf Frau Mosel gerichtet laufen und verdrücken uns kichernd auf den Hof in eine verfrühte Pause. Nur Frieda und Nele machen sich auf den Weg zum Büro unseres Rex, um ihm vom Tiefschlaf unserer wundervollen Frau Mosel zu berichten.

„Hast du deinen Schnorchel eingepackt?", fragt mich Tonne einige Tage später. Wir versuchen gerade, in unserem ziemlich chaotischen Zimmer unsere Sachen zu packen. Tonne liegt verdreht auf ihrem Koffer und versucht ihn zu schließen, was fast unmöglich ist, weil sie ihn so vollgestopft hat, dass der Inhalt an der Seite herausquillt. „Das Meer an der Südküste Englands soll nämlich glasklar sein."

Ich setze mich auf Tonnes Koffer, damit sie es vielleicht doch noch schafft, ihn zu schließen. Wie durch ein Wunder klappt es nach ein paar Versuchen.

„Wenn mein Papa recht behält, werden wir wahrscheinlich nicht viele Möglichkeiten haben, ins Wasser zu springen", sage ich. „Er hat mir erzählt, dass die Wetterkarte uns eher Kälte und Regen als Wärme verspricht. Und wenn mein Papa eine Wetterkarte in die Hand bekommt, sind seine Prognosen fast immer richtig."

„Kommt gar nicht in Frage! Jetzt ist der Koffer zu und ich werde mir nicht noch mal die Mühe machen, meine Sommersachen durch warme Kleidung zu ersetzen. Es ist schließlich noch Spätsommer", meint Tonne, wischt sich den Schweiß von der Stirn und lässt sich neben ihrem Koffer auf ihr Bett fallen.

„Wann geht es morgen überhaupt los?", frage ich sie, während ich einen dicken Pullover und meine Regensachen in meine Tasche stopfe. „Um 04:30 Uhr damit wir um 10:30 Uhr mit der Fähre nach England übersetzen können. Nach wenigen Stunden heißt es dann Sommer, Palmen, Strand und Meer", schwärmt Tonne.

„Wow, du hast ja unseren Reiseplan auswendig gelernt", staune ich.

„Alles hier abgespeichert." Tonne tippt sich mit ihrem Zeigefinger gegen den Kopf.

Ich versuche gerade krampfhaft, Omis dicke Bibel in meine Tasche zu stopfen, bekomme aber den Reisverschluss nicht mehr zu.

„Die musst du wohl hier lassen“, murmelt Tonne.

„Kommt gar nicht in Frage!“, sage ich bestimmt und versuche mit aller Gewalt, das Buch irgendwie noch reinzukriegen. „Dann muss ich eben den Reißverschluss auflassen“, gebe ich dann doch resigniert auf und setze mich schmollend auf mein Bett.

In dem Moment öffnet sich unsere Zimmertür und Gitty, eine der Betreuerinnen, erfüllt den Raum mit ihrem freudigen Lächeln. „Hey, ihr zwei. Habt ihr schon alles gepackt?“

Ich zucke etwas genervt mit den Schultern, während Tonne freudig auf Gitty einredet. Als sich Gitty irgendwann von Tonnes Geplauder losreißen kann, kommt sie zu mir und hält mir ein kleines Päckchen hin. „Ist eben für dich gekommen, ich wollte es dir gleich vorbeibringen. Vielleicht ist es ja etwas, das du für unsere Fahrt brauchst.“

„Danke“, sage ich, blicke neugierig auf den Absender und bemerke gar nicht mehr, wie Gitty aus dem Zimmer geht.

„Von Omi und Papa“, sage ich und reiße dabei hastig den braunen Umschlag auf. Eine kleine Minibibel kommt zum Vorschein. Darauf klebt ein Zettel, auf dem steht: „Ist ein bisschen handlicher als mein altes Riesending. Hab eine gute Fahrt! Hab dich lieb! Deine Omi.“

Ich muss grinsen. Als wäre Omi eben dabei gewesen, als ich verzweifelt versucht habe, die Bibel in meiner Tasche zu verstauen. *Wundervoll!*, freue ich mich und drehe das Büchlein in meinen Händen hin und her. Die bekomme ich auf jeden Fall in mein Gepäck. Als ich den altmodischen braunen Einband betrachte, muss ich zwar wieder mal über Omis Geschmack schmunzeln, aber ich freue mich trotzdem riesig über das Geschenk.

Gerade als ich den Umschlag zerknüllen will, um ihn in den Papierkorb zu befördern, bemerke ich, dass noch ein Kuvert in dem Päckchen steckt. Ich ziehe es heraus und halte einen Brief in den Händen, auf dem „Von Papa" steht. *Das sieht ihm aber gar nicht ähnlich*, denke ich.

„Ich gehe schon mal in Richtung Speisesaal, wenn du mich nicht mehr brauchst", meldet sich Tonne.

„Ich komme auch gleich", erwidere ich kurz. Dann hat der Brief in meiner Hand wieder meine vollste Aufmerksamkeit. *Papa schreibt nie Briefe*, schießt es mir durch den Kopf. Da ich meine Neugier nun nicht mehr bändigen kann, reiße ich den Umschlag auf. Zum Vorschein kommt ein weiterer Umschlag und ein zusammengefaltetes Papier, auf das Papa etwas in seiner krakeligen Handschrift geschrieben hat:

„Hallo, mein Schatz!
Bekomme bitte keinen Schreck, dass ich dir tatsächlich mal einen Brief schreibe, aber ich wollte dir die Post nicht ohne Erklärung zusenden. Gestern kam dieser Brief hier bei uns zu Hause an. Du wirst dich fragen, wer der Absender ist."

Ich sehe auf den Briefumschlag und lese „Mirijam Vogt". *Wer soll das sein?*, frage ich mich und lese weiter Papas Zeilen.

„Mirijam Vogt ist deine leibliche Mutter", steht da.

Mir wird übel. Ich kann nicht glauben, was ich gerade gelesen habe. Mein Magen verkampft sich, und mir wird heiß und kalt.

„Mit Sicherheit ist es für dich ein Riesenschock, etwas von ihr zu hören. Glaube mir, mir ging es nicht anders und ich habe mir die Entscheidung nicht leicht gemacht, dir den Brief überhaupt zu schicken.

Bevor du ihn zerreißt und in den Mülleimer wirfst (ich weiß, dass das dein erster Gedanke sein wird, meine Kleine!), möchte ich dich bitten, dir ein wenig Zeit mit dieser Entscheidung zu lassen. Nimm diesen Brief mit auf deine Fahrt nach England und entscheide, wenn du meinst, dass du so weit bist.

Du musst wissen, dass deine Entscheidung ganz und gar keine Auswirkungen auf mich haben wird. Ich werde dir nicht böse sein, wenn du den Brief nicht lesen willst oder ihn auf Nimmerwiedersehen verschwinden lässt. Tu das, was dir dein Herz sagt. Ich werde voll hinter dir stehen. Ich würde dich jetzt gern in meine Arme nehmen, damit du dir da ganz sicher sein kannst. Aber ich befürchte, das ist eine Sache, die du alleine lösen musst.

Vielleicht hilft dir Omis Geschenk bei der Entscheidung. Ich bete dafür, dass Gott dir hilft und vertraue dabei voll auf ihn. Ich habe dich sehr lieb, meine Kleine, und das bleibt unumstößlich, das kannst du mir glauben! Gott hat dich mir geschenkt und ich bin ihm so unendlich dankbar dafür! Und egal, was in der Vergangenheit passiert ist: Er hat einen richtig guten Plan für dein Leben, auch wenn es vielleicht nicht so optimal gestartet ist wie bei anderen.

Ich wünsche dir eine geniale Zeit in England, zusammen mit den ganzen verrückten Hühnern, und wenn dich der Brief daran hindert, eine gute Fahrt zu haben, leg ihn weg und versuch ihn für die Zeit dort zu vergessen.

Ich liebe dich, meine Kleine!

Dein Papa

PS: Meine Telefonnummer hast du ja …“

Ich habe das Gefühl, dass ich während der ganzen Zeit, in der ich Papas Zeilen gelesen habe, die Luft angehalten habe und atme erst mal tief ein. Eine Träne kullert über mein Gesicht, als ich spüre, wie ernst es Papa ist, wenn er sagt, dass er mich liebt. Ein schönes Gefühl macht sich in mir breit. Das ist tausendmal schöner als diese blöde Wut, die ich empfinde, wenn ich an die Frau denke, die sich meine Mutter nennt. Hatte ich ihr nicht bei dem Musicalwettbewerb vergeben? Und warum empfinde ich dann so einen Groll bei dem Gedanken, dass sie mit mir Kontakt aufnehmen will? Wie kommt sie dazu zu denken, dass ich nach den ganzen Jahren, in denen sie sich nie bei mir gemeldet hat, noch Interesse an ihr haben könnte? Ich bin froh, dass mich mein Papa so gut kennt!

Am liebsten würde ich diesen Brief in meinen Papierkorb befördern. Aber ich vertraue darauf, dass sein Rat gut ist, und stecke den Umschlag, der mir so fremd ist, in meine Tasche.

Dann nehme ich Omis Geschenk in meine Hände und blättere durch die noch aneinanderklebenden Seiten. Da fällt mir ein Satz ins Auge: „Ich danke dir, dass du mich so herrlich und ausgezeichnet gemacht hast! Wunderbar sind deine Werke, das weiß ich wohl. Du hast zugesehen, wie ich im Verborgenen gestaltet wurde, wie ich gebildet wurde im Dunkel des Mutterleibes. Du hast mich gesehen, bevor ich geboren war. Jeder Tag meines Lebens war in deinem Buch geschrieben. Jeder Augenblick stand fest, noch bevor der erste Tag begann."

Wie schön, denke ich und es kribbelt in meinem Bauch. *Gott hat sich schon für mich interessiert, als mich noch kein Mensch zu Gesicht bekommen hatte, und er hat einen Plan, wie Papa sagt. Auch wenn meine Mutter nichts von mir wissen wollte, bin ich trotzdem unendlich geliebt.*

Ich strecke mich und blicke aus dem Fenster, runter auf die grünen Weiden, die in sanfte Hügel übergehen. „Hilf mir, Gott, die richtige Entscheidung zu treffen", bete ich laut. Ich spüre, dass alle komischen Gefühle wie weggewischt sind und dass ich keine Angst vor dem haben muss, was kommen wird.

Als ich auf meine Armbanduhr sehe, stürze ich so schnell es geht zum Speisesaal. „Nicht schon wieder", jammere ich, als ich versuche, mich so unauffällig wie möglich in den Speisesaal zu schleichen. Doch als ich mich zwischen meine Freundinnen setze, fange ich mir einen wohlwissenden und strafenden Blick von Frau Spießlig ein. „Mist!", stoße ich hervor und blicke betroffen auf den gefüllten Teller, der vor mir auf dem Tisch steht.

„Die hat ihre Adleraugen überall. Das war klar, dass ihr das nicht entgeht", kommentiert Tonne.

„Tja, man versucht es trotzdem immer wieder", entgegne ich. „Danke für das Essen", sage ich dann und schaue in die Runde. „Da habt ihr es aber gut mit mir gemeint!"

„Dachte, du hast heute, am Abend vor der Abreise, bestimmt ein wenig Appetit", erklärt Ela mit vollem Mund.

„Ein wenig Appetit", wiederhole ich und sehe die anderen Mädchen am Tisch grinsen. „Wenn ich das alles gegessen habe, brauche ich die nächsten drei Tage nichts mehr."

„Habt ihr schon gehört, dass Gitty die Tasche von der Neuen packen musste?", meldet sich Nele.

„Die Neue hat einen Namen und heißt Luisa!", sagt Pauline streng und straft Nele mit einem bösen Blick.

„Warum kann die … äh … Luisa ihre Tasche denn nicht alleine packen?", fragt Ela, während sie sich ihren Mund mit einer Fuhre Kartoffelpüree füllt.

Nele zieht verschwörerisch die Augenbauen hoch und flüstert: „Sie hat sich geweigert!"

„Hoffentlich hat Gitty auch einen Schnorchel für Luisa eingepackt. Der Atlantische Ozean soll glasklar sein", werfe ich ein und tue so, als wäre es ganz normal, dass Gitty die Tasche einer Schülerin packt.

„Hoffentlich taut Luisa während der Klassenfahrt auf", sagt Pauline besorgt. „Ich habe das Gefühl, dass sie echt in Ordnung sein könnte und sich prima hier am Tisch machen würde."

Wir anderen müssen grinsen.

„Vielleicht sollten wir damit anfangen, nicht mehr hinter ihrem Rücken über sie zu reden, wenn wir sie hier bei uns am Tisch begrüßen wollen", schließt Tonne und alle nicken verstehend.

Endlich Urlaub!

Als es am nächsten Morgen in aller Frühe an unserer Tür klopft, erschrecke ich mich so fürchterlich, dass ich senkrecht im Bett stehe, als Gitty ihren zerzausten Kopf durch den Türspalt steckt.

„Raus aus den Federn!“, ruft sie freundlich.

„Musst du mich so erschrecken?“, murmle ich, dabei strecke ich mich so doll, dass es in meinem Rücken knackst. Als ich in meine Klamotten geschlüpft bin, liegt Tonne immer noch im Bett. Ich rüttle und knuffe an dem knurrenden Deckenknäuel. „Mensch, Tonne, hoch jetzt! Ich habe keine Lust, ohne dich nach Südengland zu fahren“, sage ich und zerre so lange, bis sich das Knurren in Tonnes quiekendes Lachen verwandelt und sie ihren Wuschelkopf unter der Bettdecke hervorsteckt.

„Das kitzelt!“, schnauft sie.

„Wie kann man nur so kitzelig sein?!“, murmle ich, schnappe mir meine Zahnbürste und mein Handtuch und wandere auf den Flur. Im Waschraum geht es schon heiß her und ich bahne mir einen Weg zu den Waschbecken. Als ein paar Mädchen dick geschminkt an mir vorbeimarschieren, schüttle ich ungläubig den Kopf. *Das werde ich nie verstehen,* denke ich. *Nur um hübsch auszusehen, so früh aufstehen …* Ich mache meine Katzenwäsche und stehe bald mit meinem Gepäck und einigen anderen Mädchen an unserem Treffpunkt vor dem Haupthaus.

Unsere Lehrer traben vor einem großen Reisebus aufgeregt hin und her und versuchen noch einige Sachen zu verstauen, bevor der große Ansturm kommt.

Wie bei den Ameisen, stelle ich fest, als ich meine Augen über das Geschehen schweifen lasse.

„Mila, kannst du mir vielleicht noch mal schnell was aus meinem Büro holen?", reißt mich die Stimme unseres Rex aus meinen Gedanken.

Ich nicke und sage so etwas wie „Kein Problem, kann ich machen". Dabei muss ich fürchterlich gähnen.

Der Rex sagt grinsend: „Aber nicht, dass du unterwegs einschläfst."

„Bestimmt nicht!", erwidere ich und grinse zurück.

„Hier ist der Schlüssel zu meinem Büro. Irgendwo auf dem Schreibtisch müssten unser Reiseplan und ein paar Landkarten liegen. Wäre nett, wenn du sie für mich holen würdest."

Ich nehme den Schlüsselbund entgegen und flitze so schnell ich kann zu seinem Büro. Kurz darauf stehe ich vor dem Schreibtisch des Rex. „Ich dachte, das wäre eine leichte Aufgabe", stöhne ich und sehe verzweifelt auf den Wust von Papieren vor mir. „Da!" Ich ziehe einen Zettel, auf dem eine englische Anschrift steht, aus einem Stapel Papiere. Als ich genauer hinsehe, merke ich, dass es nicht das ist, was ich gesucht habe. „St. Ives", lese ich und muss sofort an Janine denken. Ein paar Blicke auf das Papier verraten mir, dass es sich um einen persönlichen Brief an den Rex handelt und ich lege ihn schnell wieder auf den Schreibtisch.

Immer noch ist nichts von dem Reiseplan und den Landkarten zu sehen. Ich sehe mich weiter um und wieder fällt mein Blick auf den Brief. Plötzlich lese ich darauf die Worte: „Melde dich bitte bei uns! Deine Tochter.“ *Hmm, Tochter? Der Rex hat eine Tochter?*, überlege ich und nehme den Brief in die Hand. *Vielleicht ist der ja auch wichtig. Immerhin ist er aus der Gegend, in die wir reisen werden.* Durch meinen Kopf rattern viele Fragen, da entdecke ich einen Stapel Dokumente, der auf dem kleinen Tisch vor dem Ecksofa liegt. „Bingo! Da seid ihr ja“, murmle ich, raffe schnell die Zettel zusammen und lege den Brief dazu. Ich flitze zurück zum Bus.

„Dachte schon, du wärst doch eingeschlafen“, begrüßt mich der Rex mit einem Lächeln auf dem Gesicht. Als er die Papiere entgegennimmt, bleibt sein Blick an dem Brief seiner Tochter aus St. Ives hängen. Er blickt mich ein wenig verstört an.

Ich zucke mit den Schultern und erkläre: „Ich dachte, bevor ich noch mal laufen muss, bring ich ihn lieber mit.“

Ein Schatten huscht über das Gesicht des Rex, den ich dort noch nie gesehen habe. Plötzlich bin ich mir nicht mehr so sicher, ob ich das Richtige getan habe.

„Danke!“ sagt er. „Das ist nett von dir!“

Ein wenig verwirrt stapfe ich zu meinen Freundinnen, die mein Gepäck inzwischen im Bus verstaut haben. „Komisch“, murmle ich vor mich hin.

„Das find ich allerdings auch", sagt Tonne gähnend. „Wie kann ein Mensch um diese Uhrzeit schon so fit sein und durch die Gegend rennen?"

Als ich checke, dass Tonne mich damit meint, sitze ich schon mit den anderen im Bus. Meine Augen werden plötzlich so schwer, dass ich nicht mal mehr mitbekomme, wie sich der Bus in Bewegung setzt.

Ich fliege zwischen Briefen und schlafenden Menschen auf Schreibtischstühlen durch einen blauen Himmel, an den mit weißen Wolken „Sommer, Strand und Meer" geschrieben steht. Ein Flugzeug fliegt an mir vorbei, in dem eine ganze Schar Mädchen sitzt, die aus den kleinen eckigen Fenstern blicken. Das Flugzeug zieht ein langes Banner hinter sich her, auf dem steht: „Melde dich bitte bei uns!" Plötzlich beginnt sich der ganze Himmel in einen bunten, blubbernden Brei zu verwandeln und ich lasse mich mitten hineinplumpsen.

„Mila", höre ich eine Stimme aus der Ferne rufen. „Mila, jetzt wach schon auf!"

Der Brei löst sich in Sekundenschnelle auf und grelles Licht scheint mir zwischen die Augenlider.

„Wir sind schon am Hafen in Frankreich!", höre ich jetzt glasklar die aufgeregte Stimme von Tonne.

„Was?", frage ich ein wenig verwirrt. „Habt ihr mir etwas von Frau Mosels Reisepulver eingeflößt?"

Tonne grinst mich nur an und schüttelt den Kopf. „Mensch, Mila, schau mal! Da ist das Meer!"

Alle starren rechts aus den Fenstern des Busses.

Unglaublich! Begeistert reibe ich mir die müden Augen. *Warum übt das Meer nur immer so eine faszinierende Wirkung auf die Menschen aus?*

„Ich kann die frische Meeresluft schon riechen“, quiekt Nele aufgeregt.

„Das ist nur der vergammelte Fisch vom Hafen“, stellt Tonne nüchtern fest.

„Hmm, Fisch! So ein leckeres Fischbrötchen wäre jetzt genau das Richtige“, stöhnt Ela, während sie sich genüsslich über ihren Bauch streicht.

„Wie kann man zu dieser Tageszeit an Fischbrötchen denken?“, fragt Janine und verzieht das Gesicht.

„Ich kann immer an Fischbrötchen denken. Da ist die Tageszeit völlig schnuppe“, gibt Ela trotzig zurück.

Der Bus steuert zum Hafen. Nachdem wir uns in eine lange Schlange mit wartenden Fahrzeugen eingereiht haben, dauert es ewig, bis wir mit dem Bus die Grenz- und Fährkontrollen hinter uns gebracht haben. Dann fahren wir in den riesigen Bauch der Fähre.

„Das wird schön“, sage ich, als wir aus dem Bus steigen.

„Ich hoffe es“, schnauft Janine ängstlich, die neben mir eine schauklige Treppe hochläuft.

Als wir an Deck sind, kann man sehen, wie die Wellen gegen das Schiff peitschen. Plötzlich kann ich Janines Ängste verstehen.

„Wenn das hier im Hafen schon so schaukelt …“, jammert sie. In ihren Augen kann ich Panik erkennen.

„Wird schon!“, beruhige ich und setze mich neben sie auf eine der Sitzbänke an Deck.

„Seht mal, wenn ihr ganz genau hinseht, könnt ihr schon die Küste von England erkennen“, meint Tonne und zeigt auf eine graue Wölbung am Horizont.

„Meinst du?“, frage ich sie, als sie sich neben mich auf die Bank plumpsen lässt.

„Na klar! In Nullkommanichts haben wir wieder festen Boden unter den Füßen“, erklärt Tonne.

Nachdem wir den Hafen verlassen haben und langsam in Richtung der grauen Wölbung schaukeln, wird mir von Sekunde zu Sekunde schlechter. Ich wünsche mir, ich hätte etwas von Frau Mosels Reisepulver zu mir genommen. Während Janine neben mir lustig mit den anderen plaudert, halte ich mir den Bauch und blicke verkrampft zum Horizont.

„Was ist denn mit dir los?“, höre ich Tonne fragen. „Du bist ja weiß wie Kreide!“ Sie springt auf, kommt nach kurzer Zeit mit einem Eimer angetrabt und hält ihn mir vor die Nase.

Genau in diesem Moment kann ich es nicht mehr zurückhalten und übergebe mich in den Eimer. Ich würge und schnappe schweißgebadet nach Luft. Die meisten um mich herum haben sich nach kurzer Zeit verkrochen. Nur noch Tonne und Janine sitzen bei mir und versuchen, mir gut zuzureden. Ich kriege das alles gar nicht richtig mit und wünsche mir nichts sehnlicher, als wieder festen Boden unter den Füßen zu haben.

Endlich, nach einer gefühlten Ewigkeit, legen wir in England im Hafen an und meine Freunde bringen mich zu unserem Bus. Dort lasse ich mich auf meinen Platz sacken und fühle mich hundeelend. Vor Erschöpfung falle ich nach wenigen Sekunden in einen tiefen Schlaf. Das freudige Lachen und das laute Geschnatter meiner Mitschülerinnen ändern daran gar nichts.

„So, aussteigen, meine Damen!"

Müde reibe ich meine geschwollenen Augen und frage mich, ob ich immer noch träume.

„Wie geht es dir?", fragt Tonne besorgt.

„Naja, mir ging es schon mal besser", sage ich und streiche mir vorsichtig über den Bauch. „Ich glaube, mir ging es noch nie so elend wie auf dem Schiff heute Morgen!"

„Sahst auch ganz schön schlimm aus", stimmt Tonne zu und knufft mich in den Arm.

Ich muss grinsen und lasse mich von der besten Freundin der Welt hochziehen. In diesem Moment schiebt sich Luisa schweigend an uns vorbei, ohne uns eines Blickes zu würdigen.

Komisch, denke ich, *ich hatte Luisa auf der ganzen Fahrt noch nicht bemerkt.*

Ich schaue zu Tonne, doch die zuckt nur mit ihren Schultern und erzählt weiter: „Nur zu deiner Info: Wir sind schon ein paar Stunden durch das wunderschöne England gebraust. London konnte man vor einer ganzen Weile am Horizont erkennen. Jetzt sehen wir uns eine der absolut genialen Touristenattraktionen Englands an. Was wir natürlich gleich mit einer Pause verbinden. Das soll heißen: Beine vertreten, austreten und einen Happen essen."

„Den Happen erspar ich mir lieber", seufze ich. Als wir aus dem Bus gestiegen sind, sehe ich mich verwundert um. „Hast du nicht etwas von einer Touristenattraktion gesagt?", frage ich Tonne verwirrt. Ich sehe weit und breit nichts als Wiesen und Felder.

„Da", sagt Tonne und zeigt mitten auf das Feld.

Ich dreh mich um. „Ganz schön große Steine, oder ist der Zaun die Sehenswürdigkeit?", frage ich.

„Ach Mila, das ist Stonehenge", erklärt Pauline, die sich zusammen mit Ela zu uns gesellt hat. „Eine uralte Kultstätte."

„Ich dachte immer, Asterix und Obelix, diese Comichelden, hätten ihren Wohnsitz in Frankreich gehabt", meldet sich Ela zu Wort, während sie an einem Kohlrabi knabbert. „Das hier sieht nämlich aus wie die Hinkelsteinsammlung von Obelix."

„Also Ela, ich bitte um ein bisschen mehr Respekt vor diesem Weltkulturerbe!" Pauline läuft auf den Ring aus Riesensteinen zu. Wir anderen trotten hinterher.

„Kein Wunder. Für diesen Ort musste man sich erst eine Touristenattraktion bauen. Nur Felder und sonst nichts", stöhne ich und kann den Sinn unseres Stopps hier immer noch nicht ganz nachvollziehen.

„Bestimmt hat sich vor Hunderten von Jahren ein Bauer gedacht: ‚Lasst uns eine Touristenattraktion eröffnen'", fachsimpelt Tonne mit einem breiten Grinsen auf dem Gesicht. „Er hat die großen Felsbrocken rangeschafft und sie in einer ordentlichen Form aufgestellt. Im Nu kamen Menschen von weit her und begutachteten sein Kunstwerk, das bald zum Weltkulturerbe ernannt wurde. Schlauer Bauer!"

„Das kannst du knicken. Die Steine stehen hier schon seit Tausenden von Jahren. Man datiert sie auf etwa zweitausend Jahre vor Christus", meint Pauline klug, und wir anderen ziehen bewundernd unsere Augenbrauen hoch.

„Und was haben die vor so vielen Jahren mit den Dingern hier gewollt?", fragt Ela schmatzend.

„Na, das war eine Kultstelle. Hier wurden Tiere und Menschen geopfert", erklärt Pauline.

„Wunderbar!", jubelt Tonne sarkastisch. „Was für eine schöne Hinterlassenschaft unserer Ahnen. Och, was für wunderbare Steine! Hier wurden schlimme Verbrechen verübt – wie toll." Sie schüttelt sich angewidert.

„Ich fand die Geschichte mit dem Bauern schöner", sage ich und lasse mich neben Pauline auf die Wiese plumpsen. „Ich kann immer noch nicht glauben, dass wir in England sind."

„Kein Wunder, du hast ja auch die Hälfte der Fahrt verpennt", mampft Ela, die sich gerade ausgiebig ihrem Proviant widmet. „Du hast die wunderbare Schnellstraße mit den ganzen Autos, die auf der falschen Seite rumkurven, die hundert Kreisverkehre und die wunderschöne Raststätte mit den blassen, Englisch kreischenden Kindern völlig verpasst."

„Na, dafür bin ich jetzt wieder halbwegs ansprechbar", lache ich. „Ich werde jetzt doppelt so gut aufpassen und alles, was ich sehe und höre, in mich aufsaugen. Dann sind wir bald wieder auf Augenhöhe." Ich recke meinen Hals, als würde ich um Zentimeter wachsen und ernte ein glucksendes Lachen meiner Freundinnen.

Nachdem sich alle ein wenig entspannt und genug frische Luft für die kommenden Stunden im Bus getankt haben, steigen wir alle wieder in den Bus und fahren weiter in Richtung Südküste. Diesmal bin ich hellwach und bestaune die andersartige Landschaft der Insel. Nicht nur die Straßenschilder sehen hier ungewohnt aus; das ganze Leben scheint hier nach anderen Regeln zu verlaufen. Allein, dass der Bus rechts überholt ist befremdlich. Außerdem gibt es kleine Steinhäuser mit bunten Fensterrahmen, Felder, so weit das Auge reicht, Hecken als Abgrenzungen zwischen den Feldern, verzierte Briefkästen, Telefonzellen aus vergangenen Zeiten, schwarze Taxis, Geschäfte mit Holz verzierten Eingängen, Teestuben und Straßen, die gerade mal so breit sind, dass man hoffen muss, dass einem kein Auto entgegenkommt. Ich bin fasziniert und freue mich von Stunde zu Stunde mehr auf die gemeinsame Zeit hier. *England*, denke ich, *hier kommen wir!*

Endlich, nach vielen Stunden Busfahrt, erreichen wir unser Ziel.

„Wir sind da!“, rufen einige Mädchen, die sich ihre Nasen an den Scheiben platt drücken.

Kurze Zeit später sind wir alle aus dem Bus gestürmt. Mein Blick bleibt an einem wunderschönen alten Herrenhaus hängen, das von einer uralten Mauer umgeben ist. Zu dem Haus führt ein Kiesweg. Ein mit Blättern und Blüten verziertes Eingangstor eröffnet den Blick auf das Haus.

„Das ist der erste Preis!“, freut sich Janine und tänzelt an mir vorbei. „Jetzt wird unsere Unterkunft erst einmal erobert.“

Zusammen mit den anderen Mädchen laufe ich über den weißen Kiesweg zum Herrenhaus.

Wow!, denke ich, als ich mir den Hauseingang, der von vier mächtigen Säulen eingerahmt wird, genauer anschaue. „Hat sich doch wirklich gelohnt, das Musical auf die Beine zu stellen“, sage ich laut.

„Das ist sicher!“, ruft Janine in meine Richtung und grinst über beide Ohren.

„Wir sind jetzt in Südengland. Wir sind jetzt in Südengland“, fängt Tonne neben mir an zu trällern.

Vor dem Haus bleiben wir noch einmal ehrfürchtig stehen und lassen die wunderschönen hohen Fenster mit ihren weißen Fensterkreuzen auf uns wirken. Die Säulen des Eingangs tragen einen riesigen Balkon, auf den drei große Türen führen. Irgendwie erinnert mich der Anblick an historische Filme und ich kann die Frauen in ihren wunderschönen Kleidern mit ihren weißen Handschuhen und kleinen Täschchen beinahe über den Balkon gleiten sehen.

Abrupt reißt mich Tonne aus meinen Gedanken: „So, ab rein mit uns!“ Sie blickt mich auffordernd an und wir ziehen los, um uns drinnen alles anzusehen.

In den nächsten Tagen genießen wir das englische Flair rund um unsere Unterkunft. Die kleinen urigen Natursteinhäuser, die auf den tiefgrünen Wiesen wie Pilze aus dem Boden wachsen. Das wunderschöne Meer, das gegen witzige Felsformationen spritzt. Alles scheint hier so herrlich anders als in Deutschland.

Luisas Geheimnis

Auf allen unseren Streifzügen versuchen Tonne und ich immer, die seltsame Luisa, die zu uns ins Zimmer gesteckt wurde, mitzuschleifen. Das stellt sich als viel schwieriger heraus, als wir es uns vorher hätten denken können.

„Mensch, ich glaube, ich habe sie noch nie lächeln sehen", flüstert Tonne, während wir die Straße zu einem Freilichttheater nebeneinander hochlaufen. Dabei deutet sie auf Luisa, die stumm vor uns herläuft.

„Es ist so schön hier und wir beiden sind ja auch nicht gerade die steifsten Gefährten", sage ich und kratze mich am Kopf. „Was hält Luisa nur davon ab, sich an der Fahrt zu freuen?"

Luisa blickt kurz zu uns nach hinten, dann dreht sie sich schnell wieder um und läuft weiter.

„Lass uns einfach herausfinden, was der Grund für ihre Traurigkeit ist – sonst grübeln wir noch auf der Rückfahrt", meint Tonne.

Ich nicke und überlege, wie wir das anstellen könnten. Dann greife ich in meine rechte Hosentasche und fühle den zerknickten Brief, den ich kurz vor unserer Reise von meinem Papa bekommen habe. Meine Gedanken wandern wehmütig zu der Person, die ihn geschrieben hat, und mein Hals ist plötzlich wie zugeschnürt. *Ob Tonne schon gemerkt hat, dass mir der Brief, der mich überall ungeöffnet begleitet, zu schaffen macht?*, frage ich mich und sehe meine Freundin von der Seite an.

Die dreht sich sofort zu mir und nickt mir vielsagend zu. „Wenn du so weit bist, reden wir darüber“, flüstert sie liebevoll lächelnd.

Wieder einmal habe ich das Gefühl, diese Freundin überhaupt nicht verdient zu haben. *Woher kennt sie mich nur so gut?*, überlege ich und kann mir ein Schmunzeln nicht verkneifen.

Gemeinsam erreichen wir das Freilichttheater, das direkt auf einem Fels über dem Meer steht.

„Wahnsinn!“, schnaufe ich. „Die Kulisse ist unschlagbar!“ Wir befinden uns direkt auf einer Klippe, von der aus man einen atemberaubenden Ausblick auf den wilden Atlantik und die zerklüftete Felsküste hat. Viele Menschen sind gekommen, um genau diesen Ausblick zu genießen. Tonne und ich setzen uns auf einen der Ränge.

„Es muss faszinierend sein, hier eine Theateraufführung zu sehen“, stellt Tonne fest. „Stell dir vor, es wird hier ‚Der Sturm‘ von Shakespeare aufgeführt. Nachts, wenn es dunkel wird und die Sterne von allen Seiten funkeln. Im Hintergrund das Donnern des Atlantik der gegen die hohen Klippen schlägt … Da brauchst du gar nicht gut Theater spielen können.“ Plötzlich baut sie sich neben mir wie eine Schauspielerin auf, breitet die Arme aus und ruft mit geschlossenen Augen theatralisch: „Oh Wunder, wie viele feine Geschöpfe gibt es hier auf der Insel. Oh schöne neue Welt! Dass ich das nach unserem Schiffbruch noch erleben darf.“

Mittlerweile haben sich alle Besucher zu uns umgedreht und blicken auf Tonne, die immer noch mit geschlossenen Augen und ausgebreiteten Armen dasteht.

„Tonne“, flüstere ich, „die Leute starren dich alle an.“

Da öffnet Tonne die Augen und eine schöne Tomatenröte steigt in ihr Gesicht. Sie verbeugt sich elegant, woraufhin die Leute ihr fröhlich applaudieren.

„Wow!“, keuche ich ein wenig geschockt. „Wir hätten einen Hut aufstellen sollen. Ich wusste ja gar nicht, dass du dich für Theater interessierst.“

„Mein Papa liebt solche Inszenierungen. Wir haben erst letztens den Film dazu angesehen“, entschuldigt sich Tonne. Inzwischen zieht sie mich hinter sich her, während sie aus den Rängen läuft. „Ich glaube, wir haben unsere schweigende Zimmergefährtin verloren“, murmelt sie und blickt sich hektisch nach allen Seiten um.

„Da!“, rufe ich, nachdem ich Luisa etwas abseits auf einer Mauer habe sitzen sehen.

Tonne winkt Luisa zu, die daraufhin zögernd auf uns zugelaufen kommt.

„Komm Luisa“, ruft Tonne, „lass uns hier oben noch ein Foto von uns machen, bevor wir weiterlaufen.“ Dann marschiert Tonne ohne Hemmungen auf einen Mann zu und fragt ihn auf Englisch, ob er uns fotografieren kann. Mal wieder bewundere ich den Mumm meiner Freundin und bin irre stolz auf sie.

Nachdem wir uns vor der tollen Kulisse verewigt haben, machen wir uns auf den Weg zum Strand. Dazu nehmen wir einen kleinen Trampelpfad, der sich an den Felsen abwärts entlangschlängelt. Nur ein alter Holzzaun trennt uns von den abfallenden Klippen. Wieder ist Luisa diejenige, die vorausgeht. Während Tonne und ich den Abstieg in vollen Zügen genießen und herumalbern, hat sie ihre Stockhaltung eingenommen und läuft steif vor uns her. Doch plötzlich bleibt sie wie angewurzelt stehen und ich pralle fast gegen sie.

„Was ist passiert?“, frage ich.

„Alles in Ordnung?“, fragt Tonne und tritt direkt vor Luisa auf den Weg.

„Meine Armbanduhr“, stottert Luisa und blickt ängstlich neben sich den Abhang hinab. „Ich befürchte, meine Armbanduhr ist mir gerade hier runtergefallen.“

Tonne und ich sehen den Abhang hinab und stöhnen. Die steilen Felsvorsprünge sind mit kleinen Büschen übersät und von einer Armbanduhr ist nichts zu sehen. Kein Blitzen oder Schimmern.

„Ich sehe keine Chance, dass wir deine Uhr da unten finden. Du musst dir wohl eine neue kaufen“, meint Tonne, die immer noch den Abhang hinunterstarrt.

„Das geht nicht!“, quiekt Luisa fast hysterisch. „Ich brauche diese Uhr!“

Tonne und ich blicken uns fragend an. Was ist an Luisas Uhr so besonders? In Luisas Augen sammeln sich jetzt Tränen, die dann schnell über ihre Wangen rollen.

„Okay. Kann es sein, dass dir die Uhr so wichtig ist, dass wir uns zusammen auf die Suche nach da unten begeben müssen?“, schlussfolgere ich. Luisa, die jetzt auch noch angefangen hat zu schniefen, nickt zustimmend. Mir wird bei der Vorstellung, an diesem Abhang oberhalb des Meeres herumzuklettern, ein wenig mulmig.

„Gut!“, sagt Tonne entschlossen. „Bist du dir sicher, dass du die Uhr hier verloren hast?“ Sie sieht Luisa fragend an.

„Ja, ich wollte sie gerade zurechtrücken und dabei muss sich der Verschluss gelöst haben. Dann ist sie mir vom Arm gefallen und dort hinunter.“ Luisa zeigt auf eine Stelle, ungefähr drei Meter unter uns.

„Da haben wir ja noch mal Glück gehabt“, schnauft Tonne. Ich blicke irritiert den Abhang hinab und frage mich, was das wohl mit Glück zu tun hat. „Hättest du deine Uhr ein paar Meter später verloren“, fährt Tonne fort, „wäre wohl jeder Versuch, sie zu finden, gescheitert.“

Luisa und ich starren in die Richtung, in die Tonne mit ihrer Hand deutet, und verstehen sofort. Ein paar Meter weiter fällt der Fels senkrecht ins Wasser ab.

„Puh!“, sage ich ein wenig sarkastisch. „Da haben wir ja megaviel Glück gehabt. Bevor ich aber womöglich bei dem Versuch umkomme, die Uhr zu holen, möchte ich wissen, warum sie dir so wichtig ist.“ Ich blicke fest in Luisas verheultes Gesicht.

„Die Geschichte ist ziemlich lang“, sagt Luisa und ich erschrecke mich ein wenig, weil ich sie noch nie mit so bestimmter Stimme reden gehört habe. „Ist es okay für euch, wenn ich verspreche, sie euch zu erzählen, nachdem wir meine Uhr gefunden haben?“

Tonne und ich nicken und klettern zusammen über den Holzzaun.

„Du bleibst am besten hier oben stehen“, sagt Tonne zu Luisa. „Dann kannst du uns zu der Stelle lotsen, an der wir ungefähr suchen sollen. Und falls jemandem von uns etwas passieren sollte, kannst du schnell Hilfe holen.“

Luisa nickt und sagt erleichtert: „Danke!“

Gemeinsam hangeln Tonne und ich uns daraufhin den Hang hinunter. Während wir unter jeden Busch kriechen und durch die Zweige wühlen, brennt uns die Sonne auf den Kopf.

„Die anderen liegen jetzt am Strand“, schnauft Tonne.

Ich wische mir den Schweiß von der Stirn und klettere noch ein Stückchen tiefer. Immer wieder sehe ich zu Luisa hoch. *Hoffentlich ist es die Geschichte wert!*, denke ich, während ich die Felsen um mich herum absuche.

Keine Ahnung, wie lange Tonne und ich schon an dem Abhang entlanggekrochen sind, jedenfalls kommt es mir ewig vor.

„Nix zu machen!“, murmelt Tonne schließlich und reibt sich die Hände. „Ich glaube, wir finden das Ding nicht mehr.“

„Ich habe auch keinen Plan, wo wir noch suchen sollten“, sage ich und zucke resigniert mit den Schultern. „Du, wir könnten ja mal beten, dass wir die Uhr finden.“

„Meinetwegen, schaden kann es ja nicht", entgegnet Tonne und schließt die Augen.

Wir stecken unsere Köpfe zusammen und bitten Gott, dass er uns bei der Suche hilft.

Danach suchen wir weiter. Während ich weiter oben die letzten Büsche untersuche, befindet sich Tonne nun ein ganzes Stück weit unter mir.

Plötzlich schreit sie laut auf. Ich drehe mich so abrupt um, dass ich fast das Gleichgewicht verliere. Mit den Händen erwische ich glücklicherweise einen dünnen Ast, der mir wieder Halt gibt.

Tonne ist von dem Felsvorsprung, auf dem sie eben noch gestanden hat, weggesprungen und wischt sich den Schweiß von der Stirn. „Ich glaube, ich hab gerade eine Ringelnatter bei ihrem Sonnenbad gestört", jault sie. „Ich dachte, mir bleibt das Herz stehen."

„Ist sie denn weg?", frage ich sie besorgt.

„Ja, sie dürfte nach meinem Schrei in Todesangst weggeschlängelt sein", meint Tonne, dabei inspiziert sie jeden Stein, der in ihrer Reichweite liegt.

Mir ist plötzlich sehr unbehaglich zumute, weil Schlangen nicht gerade zu meinen Lieblingstieren gehören. Da höre ich Tonne rufen: „Ich hab sie!"

Panik steigt in mir auf. Doch als ich sehe, dass Tonne mit einem glitzernden Gegenstand wedelt und nicht mit einer Schlange, atme ich wieder tief durch. „Ach, die Uhr!", stöhne ich. „Damit hätte ich nicht mehr gerechnet."

Als Tonne und ich uns mühsam wieder den Hang hinaufgehangelt haben, erwartet uns Luisa mit einem breiten Grinsen. „Ihr seid der Hammer!“, quiekt sie und nimmt die Uhr aus Tonnes Hand entgegen.

Ich kann es irgendwie nicht fassen, was für ein hübsches Lächeln dabei Luisas Gesicht ziert. Gerade noch ist sie wie ein eingefrorener Roboter vor uns hergestakst, sodass wir uns ernsthaft gefragt haben, ob sie überhaupt schon irgendwann einmal gelächelt hat und nun …

„Danke!“, seufzt Luisa, nachdem sie die Uhr sicher in ihrem Rucksack verstaut hat. „Das werde ich euch nie vergessen!“ Wieder huscht dieses wunderschöne Lächeln über ihr Gesicht und Tonne und ich sehen uns stolz an.

„Gerne!“, sagen wir beide wie aus einem Mund und müssen auch grinsen.

„Wäre ich nicht so neugierig auf deine Geschichte, hätte ich mich niemals nach da unten getraut“, gebe ich zu und blicke den Abhang ehrfürchtig hinunter. „Die Aussicht darauf, mit dir ein paar Geheimnisse zu teilen, hat mich scheinbar todesmutig gemacht.“

Luisa sieht jetzt auch ein wenig ängstlich den Abhang hinab und murmelt bewundernd: „Die Geschichte habt ihr euch wirklich verdient!“

Am Abend sitzen wir zu dritt auf unserem mit Kissen vollgestopften Doppelbett. „Die Engländer haben es mit den Blümchen“, stelle ich fest und lege mir eines der dicken

Kissen auf den Bauch, auf das Millionen kleine Rosen gedruckt sind. „Luisa, du schuldest uns noch deine Geschichte."

„Stimmt", murmelt die und legt ihre Stirn in Falten. „Puh … wo fange ich denn an? Also zuerst hilft es euch zu wissen, dass meine Eltern mächtig reich sind. Eigentlich dreht sich bei ihnen alles darum, wie sie noch mehr Geld verdienen können. Mein Papa hat eine Privatpraxis für Gesichtschirurgie und meine Mama arbeitet in ihrer eigenen Galerie. Wenn ich überlege, wann wir das letzte Mal etwas zusammen unternommen haben, kann ich mich an nichts erinnern. Ich sehe immer nur die genervten oder geschäftigen Gesichter meiner Eltern. Die Rettung meines Lebens war eindeutig meine Oma. Die lebt schon seit ich denken kann bei uns auf dem Schloss."

„Du wohnst auf einem Schloss?", platzt es aus Tonne heraus. „Wow!"

„Ja, ist eigentlich ein ganz schöner Ort, um zu wohnen", fährt Luisa fort. „Nur viel zu einsam, wenn die Personen, die einen lieben, nie da sind … Egal, meine Oma jedenfalls hat sozusagen meine Versorgung und Betreuung übernommen, während meine Eltern immer nur von einem Termin zum nächsten gehechtet sind. Oma war meine Familie und die beste Freundin, die ihr euch vorstellen könnt."

„So eine hab ich auch zu Hause", murmle ich und lächle bei dem Gedanken an meine Omi. „Doch sie musste mir nur meine Mutter ersetzen."

„Wahrscheinlich könnt ihr euch das gar nicht vorstellen", erzählt Luisa weiter. „Meine Eltern haben überhaupt keinen wichtigen Platz in meinem Leben eingenommen. Sogar zu unserem Gärtner oder unserer Köchin habe ich eine viel engere Beziehung als zu ihnen. Die Armbanduhr ist von meiner Oma. Die hat sie mir vor einem Jahr geschenkt." Plötzlich füllen sich Luisas Augen mit Tränen. Tonne und ich rücken näher an sie heran und nehmen sie in unsere Arme.

Nach einer Weile holt Luisa tief Luft und versucht mit zittriger Stimme weiterzuerzählen: „Meine Oma ist vor vier Wochen und drei Tagen ganz plötzlich an einem Herzinfarkt gestorben." Wieder bricht Luisas Stimme ab und Tränen rollen ihr wie Sturzbäche über die Wangen.

Mir wird klar, dass der Tod ihrer Oma der Grund für ihre Tränen war, als ich neulich nachts meinen ersten Zusammenstoß mit ihr hatte.

Ich muss an den Tag vor einem halben Jahr denken, als meine heißgeliebte Omi leblos vor mir auf dem Küchenboden lag. An die Angst, die ich um sie hatte, und die furchtbaren Stunden auf dem Krankenhausflur, bis klar war, dass ich Omi lebend wiedersehen würde. Ein Schauer läuft mir über den Rücken und ich umarme die zittrige Luisa noch fester.

„Von einem Moment zum anderen war meine Oma fort und meine Eltern sind so kühl damit umgegangen, als hätte die Briefträgerin gewechselt", sagt Luisa und klingt verbittert. „Tja, und dann gab es da die große, weltbewegende Frage ‚Wohin mit unserem Kind?' Meine Eltern konnten sich unmöglich mehr Zeit für mich nehmen. Da war das Internat Gut Wolkenstein eine schnelle schmerzlose Lösung für sie. Und keiner hat mich gefragt. Ich musste das einfach über mich ergehen lassen. Als wäre der Tod meiner Oma nicht schon schlimm genug gewesen, musste ich auch noch mein Zuhause verlassen und die paar Menschen, denen ich vertraut habe. Mir kam es vor, als ob ich all die Erinnerungen an Oma zurücklassen würde. Deswegen mussten wir die Uhr einfach finden, versteht ihr?!"

Tonne und ich nicken und ich bin unendlich glücklich, dass Tonne, nach unserem Gebet, die Uhr doch noch gefunden hat.

Eine ganze Weile sitzen wir aneinandergedrückt auf dem flauschigen Bett. Dann rappelt sich Tonne plötzlich auf und sieht uns auffordernd an. „Das schreit nach einer richtig englischen Teatime", sagt sie.

„Jetzt?", ich ziehe meine Augenbrauen hoch und blicke auf die Uhr, die auf dem kleinen verzierten Holznachttischchen steht. „Du glaubst doch nicht im Ernst, dass du um 23:15 Uhr noch einen Tee auftreiben kannst."

„Also wenn das eine kann, dann ist es wohl Tonne", sagt Luisa grinsend und reibt sich über ihr rotes Gesicht.

„Da könntest du recht haben", erwidere ich.

„Na dann, los mit uns!" Tonne zieht uns zur Tür.

Leise stolpern wir durch einen engen Flur und versuchen dann, so vorsichtig wie möglich, über eine alte

Holztreppe nach unten zu gehen. Die Treppe quietscht und knarrt in einem fort.

Plötzlich wird im Flur ein Licht angeknipst. Wir schlüpfen schnell unter den Treppenabsatz in eine dunkle Ecke. Hier ist es ziemlich düster und dreckig. Ich muss mir ein Kichern krampfhaft verkneifen, als ich Spinnenweben mit kleinen toten Fliegen in Tonnes Haar entdecke.

„Könnte man als Retro-Look bezeichnen", flüstere ich und zeige auf Tonnes Kopf.

Luisa fängt an zu prusten: „Meine Oma hat sich zum Schlafen auch immer so ein Netz über die Haare gezogen – nur ohne tote Fliegen."

Wir drei können uns nicht mehr halten und kichern laut los, was unser Versteck völlig überflüssig macht.

„Öhem", hustet es neben uns.

Tonne, Luisa und ich blicken auf und sehen unseren Rex mit hochgezogener Stirn vor uns stehen.

„Was ist denn das für ein seltsames Treffen unter der Treppe? Habt ihr kein Zimmer zugeteilt bekommen?", fragt er streng.

„Eigentlich waren wir nur auf der Suche nach einem englischen Tee", sage ich ein wenig unsicher.

„Den werdet ihr da unten wohl kaum finden, ihr Pfadfinder", sagt der Rex lächelnd und winkt uns aus unserem Versteck. „Die Küche ist ein besserer Platz für eure Suche. Ich wollte mir gerade etwas Essbares suchen, bevor ich es unter der Treppe kichern gehört habe."

Wir drei sehen uns verdattert an, doch er stapft schon voraus in Richtung Küche. Bald sitzen wir vor dampfenden Bechern und schnattern fröhlich über dies und das mit unserem Rex. Er scheint so gelöst wie noch nie, wie er da am Holztresen lehnt und seinen Tee schlürft.

„Warum haben Sie eigentlich aufgehört zu malen?", frage ich ihn. Seit ich damals die wunderschönen Bilder in seinem Büro habe hängen sehen, bereitet mir diese Frage Kopfzerbrechen.

„Das ist eine sehr lange Geschichte", sagt er kopfschüttelnd.

„Wir lieben lange Geschichten!", sagen wir wie aus einem Mund.

„Die werdet ihr trotzdem nicht von mir hören", sagt der Rex und schüttelt wieder den Kopf.

„Schade!", erwidere ich.

„Ganz kurz erklärt", fängt der Rex an, „hat die Malerei einen viel zu großen Platz in meinem Leben eingenommen. So viel, dass ich das Wertvollste, das ich hatte, aus den Augen verloren habe." Nach einer kurzen Pause ergänzt er traurig: „Nicht nur aus den Augen – man könnte sagen, dass ich es ganz verloren habe."

Wieder fällt mir dieser Schatten auf, den ich schon mal über sein Gesicht habe huschen sehen und ich muss an den Brief denken, der mir am Tag unserer Abreise in die Finger geraten ist. „Melde dich bitte bei uns! Deine Tochter", stand da. *Ob er von ihr redet?*, frage ich mich. Ich starre auf meine Teetasse, aus der heißer Dampf aufsteigt.

„Wenn ihr euch eines zu Herzen nehmen wollt, dann, dass ihr euer eigenes Ansehen nie über die Menschen stellen dürft, die ihr liebt", sagt der Rex, während er wild in seinem Tee herumrührt.

Ich lege meine Hand auf Luisas Bein und sehe sie aufmunternd an. Ich weiß, dass sie damit zu kämpfen hat, dass sich ihre Eltern so wenig um sie kümmern. Luisa wirft mir einen dankbaren Blick zu. Währenddessen wechselt Tonne das Thema und berichtet von unseren Unternehmungen der letzten Tage. Nachdem wir fröhlich schnatternd auch den letzten Tropfen Tee ausgetrunken haben, verabschieden wir uns von unserem Rex und laufen auf leisen Sohlen zurück auf unser Zimmer.

„Gute Nacht ihr beiden", höre ich Luisas Stimme durch die Dunkelheit von der anderen Seite des Zimmers.

„Gute Nacht", gebe ich müde zurück. „Danke, dass du so mutig warst und uns deine Geschichte erzählt hast."

Tonne, die neben mir in dem kleinen Doppelbett liegt, dreht sich um, wobei das ganze Bett wackelt, und sagt schläfrig: „Ja, danke! Ich bin riesig froh, dass wir jetzt miteinander reden." Danach hört man sie zweimal kurz grunzen, bevor sie regelmäßig zu atmen beginnt.

„Ich auch", höre ich Luisas Stimme, bevor mich auch der Schlaf übermannt.

Typisch Englisch

Am Frühstückstisch scheint Luisa wie ausgewechselt: Fröhlich beteiligt sie sich an den Gesprächen und lacht mit uns, während draußen der Regen an die Fensterscheiben prasselt.

„Das Essen habe ich mir hier in England wirklich schlechter vorgestellt", murmelt Ela, während zwei kleine gebratene Würstchen in ihrem Mund verschwinden.

„Naja, es könnte weniger fettig sein", meint Janine und blickt kritisch auf den gefüllten Teller von Ela.

„Zum Glück gibt es nicht nur deftige Sachen wie Eier, Schinken, Pilze und Würstchen zum Frühstück. Das würde mein Magen keine drei Tage mitmachen", sage ich, dabei rühre ich in meiner Schüssel mit Cornflakes.

„Habt ihr den netten Jungen, der in der Küche arbeitet, schon gesehen?", fragt Janine ganz aufgeregt. „Er sieht aus wie der Prinz von England!"

Wir anderen stöhnen und verdrehen die Augen.

„Den nehmen wir bestimmt nicht mit auf unseren Strandausflug nach St. Ives", sagt Pauline trocken.

„Er könnte unsere Lunchpakete unterwegs aufwärmen", schlägt Janine vor.

Alle am Tisch kichern höhnisch. Nur Ela scheint dieser Gedanke zu gefallen: „Für einen leckeren Schmaus zwischendurch würde ich sogar diesen Küchenschönling in Kauf nehmen."

Ich nicke Luisa zu. „Jetzt kannst du dir noch überlegen, ob du mit diesen verrückten Hühnern wirklich reden möchtest. Das ist manchmal nicht auszuhalten!" Elas Stoß, der mich daraufhin in die Rippen trifft, quittiere ich mit einem entrüsteten: „Siehst du, so geht das hier zu!"

Alle müssen lachen. Wir werden von Gitty unterbrochen, die das Wort im Speisesaal ergreift: „So, meine Mädchen, eine kurze Ansage für den Ablauf des Tages: Eigentlich hatten wir ja vor, heute einen Badeausflug nach St. Ives zu machen."

Zufällig huscht mein Blick zu unserem Rex, der traurig in seine Tasse blickt. Schon wieder muss ich an den Brief aus St. Ives denken, der an ihn adressiert war.

„Aber das Wetter ist nicht optimal für einen Tag am Strand", fährt Gitty fort. „Wir haben daher beschlossen, einen Tagesausflug zur Kynance Cove, einer der schönsten Buchten hier, zu machen."

„Wenn wir den Küchenjungen mitnehmen, gehe ich überall hin", stöhnt Janine verträumt.

Nach kurzem Kichern im Raum setzt Gitty ihre Rede grinsend fort: „Die Wettervorhersage verspricht dort besseres Wetter, sodass ihr euch auf eine herrliche Wanderung freuen könnt", schließt sie und erntet dafür ein allgemeines Stöhnen.

Gitty rügt uns mit einem ausgiebigen Vortrag darüber, dass wir die Schönheit der Natur auf uns wirken lassen müssen und nicht verachten dürfen. „Kynance Cove ist einer der romantischsten Örtchen hier auf der Insel", beendet sie endlich ihre Rede. Ihre Wangen glühen.

„Was ist denn mit der los?", frage ich leise in die Runde. Normalerweise zeigt Gitty immer Verständnis für uns.

Gitty betet noch für einen gesegneten Tag und entlässt uns, damit wir unsere Sachen für die Wanderung zusammenpacken können.

„Verachtet nicht die Schönheit der Natur", murmelt Tonne, als wir mit Luisa zusammen die Stufen zu unserem Zimmer hochstapfen.

„Irgendetwas hatte Gitty heute in ihrem Tee. Ich kann mir ihr Geschwafel wirklich nicht erklären. So streng kenne ich sie gar nicht", überlege ich.

„Hey, ihr drei!" Gittys Stimme lässt uns erschrocken zusammenzucken. „Ist alles in Ordnung bei euch?"

„Wir freuen uns über alle Maßen auf die unsagbar schöne Natur, die wir heute in ihrer Herrlichkeit bestaunen können", antwortet Tonne überschwänglich.

„Du machst mir Angst!", erwidert Gitty und legt ihre Hand prüfend auf Tonnes Stirn. Dann hält sie mir mit einem breiten Grinsen eine Karte hin. „Mila, du hast Post bekommen."

Irritiert kneife ich meine Augen zusammen und versuche die Unterschrift auf der Karte zu entziffern. „Dein Papa", steht dort. Ich traue meinen Augen nicht. Nachdem ich den Text panisch überflogen habe, schüttle ich den Kopf. „Das ist sehr seltsam", sage ich. „Papa mag es überhaupt nicht, einen Stift in die Hand zu nehmen und zu schreiben. Und jetzt schickt er mir eine Karte, nur um uns eine gute Zeit zu wünschen und mir zu sagen, dass er mich liebt. Ich bin total verwirrt."

„Danke", sagt Tonne in Gittys Richtung und zieht mich am Ärmel hinter sich her.

„Ich kann das alles nicht glauben", sinniere ich immer noch. „Sollte mein Papa mich neuerdings so vermissen?"

„Freu dich doch einfach drüber", meldet sich Luisa zu Wort. „Ich wäre glücklich ohne Ende, wenn meine Eltern sich nur ein bisschen anmerken lassen würden, dass sie mich lieb haben, geschweige denn, es auf eine Karte schreiben würden."

„Du hast recht!", sage ich. Mein Herz schlägt höher, weil ich mir so sicher sein kann, dass mein Papa mich von Herzen liebt. Tiefe Dankbarkeit erfüllt mich und ich streiche über die Karte. Plötzlich stutze ich. „Seltsam. Da ist keine Briefmarke drauf."

„Die hat sich bestimmt der Küchenschönling gemopst", kichert Tonne.

„Egal", sage ich mehr zu mir als zu den beiden Mädchen neben mir. „Lasst uns unsere Sachen packen, damit wir die herrliche Schönheit eines der unglaublichsten Orte der Welt bestaunen können."

Tonne und Luisa kichern, haken sich bei mir ein und zusammen verschwinden wir in unseren englischen vier Wänden.

„Packt bloß eure Regensachen ein", mahne ich, als ich meine Regenjacke in meinen Rucksack stopfe.

„Welche Regensachen?", fragt Tonne und zieht provokant ihren Badeanzug aus dem Koffer.

„Hast du keinen besseren Regenschutz dabei?", fragt Luisa und schüttelt ungläubig ihren Kopf. „Du bist so wunderbar verrückt, Tonne!"

„Ich kann ja meine Stranddecke mitnehmen", erwidert die.

Während Tonne und Luisa fröhlich schnattern, schnappe ich mir meine neue Bibel, setze mich auf das Bett und schlage Psalm 34 auf. „Der Herr hört sein Volk, wenn es ihn um Hilfe anfleht, und rettet es aus aller Not", lese ich da. „Der Herr ist allen nahe, die verzweifelt sind; er rettet die, die den Mut verloren haben."

Mit einem lauten Knall wird unsere Zimmertür aufgestoßen. Ich schrecke hoch, als hätte mich eine Wespe gestochen. Janine steht in der Tür und ruft: „Alle sitzen bereits im Bus und warten auf euch. Wo bleibt ihr?"

Wir drei raffen unsere Taschen zusammen und rennen hinter Janine her. Im Bus angekommen, ernten wir böse Blicke und ein verächtliches Schnaufen von Frau Spießlig, die sich in der ersten Reihe platziert hat. Die anderen Mädchen kichern und machen Sprüche über uns drei Schlafmützen. Tonne, Luisa und ich folgen Janine in die letzte Reihe, wo unsere Freundinnen uns Plätze freigehalten haben.

„Eigentlich müsstet ihr zur Strafe bei Frau Spießlig sitzen und ihr Geknurre für den Rest der Fahrt ertragen", meint Nele.

„Wir mussten uns noch seelisch und moralisch auf die Begegnung mit dem schönsten Flecken der Erde vorbereiten“, schnauft Tonne grinsend.

„Was war heute eigentlich mit Gitty los?“, fragt Frieda.

„Ich habe auch keine Ahnung. Vielleicht hat sie zu viel Schwarztee getrunken“, murmelt Pauline.

„Bestimmt ist der Küchenjunge, der allen immer schöne Augen macht, schuld“, sagt Ela.

„Kommt gar nicht in Frage!“, platzt es sofort aus Janine heraus. „Der gehört mir!“

Alle müssen lachen und Janine bekommt einen knallroten Kopf. Mittlerweile schlängelt sich der Bus durch enge Sträßchen. Regen hat wieder eingesetzt, der immer heftiger von außen gegen die Scheiben prasselt. Meine Gedanken driften zu Papas Karte. *Vielleicht wollte er mir nur noch mal klarmachen, dass, egal, wie ich mich in Bezug auf den Brief meiner Mutter entscheide, er immer für mich da ist und mich liebt*, überlege ich. Vorsichtig tasten meine Finger in meiner Hosentasche und ich ziehe den Brief heraus, den ich immer bei mir trage. *Was soll mir diese Frau zu sagen haben?*, frage ich mich zum hunderttausendsten Mal. Wütend stecke ich den Brief in meine Hosentasche zurück. *Jetzt auf einmal!* Ich merke, wie mir ein heißer Schauer der Wut über meinen Rücken läuft. Mein Blick schweift zum Fenster, an dem Wasser herunterrinnt, als würden wir durch eine Waschanlage fahren. Da erinnere ich mich an den Vers, den ich heute Morgen gelesen habe. „Der Herr ist allen nahe, die verzweifelt sind." Eine Ruhe breitet sich in meinem Herzen aus und überdeckt meine Wut und meine Ängste.

„Ich glaube, ich kann mir den Badeanzug anziehen." Tonne reißt mich übermütig aus meinen Gedanken. „Nass genug ist es draußen auf jeden Fall."

„Du wolltest ja nicht auf mich hören", antworte ich. „Genau so ein Wetter hat mein Papa doch vorausgesagt."

„Beim nächsten Mal bin ich schlauer", grinst Tonne mich schief an.

„Hoffentlich bekommen wir überhaupt etwas von diesem außerordentlichen Naturwunder zu Gesicht", stöhnt Lissy, während sie über die beschlagene Fensterscheibe wischt.

„Wisst ihr, dass es hier früher von Piraten gewimmelt hat?", fragt Janine geheimnisvoll und wedelt mit ihrem Reiseführer vor unseren Nasen. „Nach Osten hin, wo die Küste noch steiler wird, liegt der einst berühmt-berüchtigte Schmugglerort Coverack", liest sie uns vor. „Das Riff mit dem Namen ‚The Manacles' hat in den vergangenen Jahrhunderten so manches Schiff zum Kentern gebracht. Die Strandräuber freuten sich diebisch, wenn wieder einmal ein reich beladenes Frachtschiff auf dem Riff auf Grund lief. Mit falschen Lichtsignalen halfen die Strandräuber gelegentlich etwas nach."

„Dann hat es dort eher von Schmugglern und Strandräubern als von Piraten gewimmelt", sagt Lissy schlau.

„Piraten, Strandräuber und Schmuggler sind doch alle mysteriös", meint Janine. „Ich find es jedenfalls spannend, am selben Ort zu stehen, auf dem einst ein Strandräuber stand, um falsche Lichtsignale in Richtung Meer zu schicken. Hier steht: ‚Es heißt, bei Sturm hätten die Menschen in den Kirchen inbrünstig für reichhaltiges Strandgut gebetet.' Wie abgefahren ist denn das?!"

„Vielleicht gibt es diese Strandräuber ja heute noch", wirft Frieda verträumt ein. „Womöglich entdecken wir eine geheime Höhle mit großen verschlossenen Holzkisten."

„Ich glaube, bei dem Wetter können wir froh sein, wenn wir die eigene Hand vor den Augen sehen", werfe ich ein. Immer noch rinnt der Regen in kleinen Bachläufen an der Scheibe herunter.

„In ein paar Minuten erreichen wir unser Ziel!", erklingt da die Stimme unseres Rex über die Lautsprecher. „Eigentlich müsste man auf der rechten Seite schon die Küste und das Meer erkennen können." Alle Mädchen drücken ihre Nasen an den Scheiben platt und versuchen, irgendetwas durch die graue Suppe draußen zu erkennen.

„Guter Witz", murmelt Tonne.

„Da!", ruft eines der Mädchen begeistert und zeigt aufgeregt nach draußen. „Das Meer!" Wieder recken alle ihre Hälse und versuchen etwas zu erkennen.

„Gebt es einfach auf", meint Ela und beißt in einen Apfel.

Tonne und ich lassen uns enttäuscht neben Luisa in die Sitze fallen.

„Bei gutem Wetter haut einen der Ort echt um. Es ist wirklich wunderschön hier", sagt Luisa ganz beiläufig.

„Was?“, fragen Tonne und ich gleichzeitig und sehen Luisa mit großen Augen an.

„Du willst mir nicht erzählen, dass du schon mal hier warst?“, fragt Tonne ungläubig.

„Meine Mutter hatte hier geschäftlich zu tun. Da hat sie Oma und mich mitgenommen und wir haben die paar Tage genutzt, um uns hier mal umzusehen“, erklärt Luisa.

„Na dann, erzähl uns doch mal, was wir jetzt sehen müssten“, sage ich neugierig.

Luisa beginnt: „Dort in dieser Richtung erstrecken sich saftige Weiden mit kleinen Hecken und Zäunen drumherum. Geht man immer weiter, kommt man nach einer Weile an eine schroffe, verwunschen wirkende Steilküste, die meterweit in den Abgrund fällt. An manchen Stellen schimmert weißer Sand und es eröffnen sich kleine Buchten, zu denen man meist nur über steile Klettersteige gelangt. Das türkisfarbene Wasser, das Welle für Welle in die Buchten gespült wird, glitzert, als würden tausende Diamanten mitgetrieben.“

Nach und nach hören alle Mädchen gebannt Luisas ausführlichen Erzählungen zu und drängeln sich mit offenen Mündern um sie herum.

„Wow!“, sage ich. Ich bin erstaunt, wie gut Luisa erzählen kann. „Wie machst du das?“

Luisa lächelt mich an und zuckt mit den Schultern.

„Wie konntest du uns nur so beklauen, indem du bis vor Kurzem einfach nicht geredet hast?“, frage ich weiter. „Du hast da eine ganz erstaunliche Gabe.“

„Um zur Bucht Kynance Cove zu gelangen, biegen wir gleich rechts in einen holprigen Weg ein." Gerade als Luisa den Satz beendet hat, biegt der Bus nach rechts in einen kleinen Weg ab. Der Bus holpert über die Straße und wir werden ordentlich durchgeschüttelt.

„Da vorne müsste der Parkplatz sein", sagt Luisa und zeigt auf eine kleine Hütte, vor der der Bus zum Stehen kommt.

Der Rex zieht sich seine Regenjacke über und stapft durch den Regen zur Hütte. Als er nach einer Weile wieder herauskommt, tritt er genau vor der Tür in eine Riesenpfütze und schüttelt schimpfend sein Bein. Schnaubend kommt er zurück in den Bus und greift sich das Mikrofon. „Meine Damen, wir haben zwei Möglichkeiten. Entweder wir fahren sofort wieder zurück und bleiben trocken – zumindest die, die noch nicht nass geworden sind." Dabei blickt er griesgrämig auf seine nasse Hose. „Oder wir hoffen auf besseres Wetter und wandern los."

Ein Gemurmel bricht aus. Nach einer Weile macht sich Janine zur Sprecherin der Mädchen: „Wir wandern! Jetzt sind wir so weit gefahren, da müssen wir uns doch wenigstens mal umsehen. Außerdem sind wir nicht aus Zucker." Sie zwinkert Luisa anerkennend zu.

„Ich glaube, du hast nicht nur mich neugierig gemacht", sage ich zu Luisa.

„Na denn", tönt der Rex, „zieht euch alle warm an, dann machen wir uns auf zur Bucht."

Frau Spießlig sieht unseren Rex entsetzt an und fängt an, wie wild in ihrem Lederrucksack zu kramen.

„Die hat bestimmt auch nur einen Badeanzug dabei", murmelt Tonne etwas genervt und zieht ihre Stranddecke aus der Tasche.

„Wird schon!", versuche ich meine Freundin aufzumuntern. „Schließlich haben sie im Wetterbericht angesagt, dass es heute noch richtig schön werden soll."

Tonne verzieht ihr Gesicht zu einer komischen Grimasse. Luisa und ich können uns ein lautes Kichern nicht verkneifen.

„Ich leih dir meinen Schirm", sage ich und halte ihn Tonne hin. „Ich habe ja gutes Regenzeug an – da werde ich ihn bestimmt nicht brauchen."

„Du bist ein Schatz!", jubelt Tonne und umarmt mich so fest, dass mir fast die Luft wegbleibt.

„Vielleicht kannst du dann deine Stranddecke Frau Spießlig geben. Die sieht ein wenig verzweifelt aus", mischt sich Luisa ein.

Tonne blickt nach vorne zu unserer Betreuerin. „Na, dann werde ich sie ihr mal anbieten", sagt sie fest entschlossen und bahnt sich einen Weg durch die aufgeregten Mädchen zu Frau Spießlig.

„Da hat das Ding doch noch eine Verwendung gefunden", sage ich und grinse mit Luisa um die Wette.

Die unheimliche Begegnung

Nachdem der Regen ein wenig nachgelassen hat, verlassen wir den Bus. Als unser Rex ziemlich planlos auf dem Parkplatz mit seiner Landkarte hantiert, gehen Tonne, Luisa und ich zu ihm und erzählen ihm, dass Luisa den Weg kennt und ihn uns zeigen kann.

„Na, was für ein Glück“, schnauft der Rex. „Bei dieser komplizierten Karte wären wir bestimmt in die völlig verkehrte Richtung gelaufen.“

Luisa führt uns zu einem Sandweg, der sich durch flache Hügel windet, die mit Gras und zierlichen Heidegewächsen überwuchert sind. Der aufsteigende Nebeldunst hüllt die Landschaft in ein geheimnisvolles Licht.

„Im Nieselregen sieht es hier richtig unheimlich aus“, sinniert Frieda, die ganz dicht hinter mir läuft. „Man kann fast die ungepflegten Männer sehen, die durch den Nebel schleichen, um ein gestrandetes Schiff auszurauben. Oder andere zerlumpte Gestalten, die hinter dem nächsten Busch lauern, um mal wieder etwas zu knabbern zu bekommen.“

„Ich möchte auch mal wieder was zu knabbern haben“, murmelt Ela. „Mein Magen knurrt schon. Ich fürchte, ich habe meine Tagesration schon auf der Busfahrt vertilgt.“

Wir anderen drehen uns ungläubig zu Ela um.

„Du hast schon dein ganzes Lunchpaket geplündert?“, frage ich. Mittlerweile stapfen wir schnaufend einen Hügel hoch.

„Das englische Futter ist besser, als ich dachte“, verteidigt sich Ela etwas zerknirscht.

„Du platzt hier in England noch aus allen Nähten, wenn du nicht aufpasst“, sagt Janine.

„Ich habe wenigstens ein bisschen was auf den Rippen, wenn uns einer eurer hungrigen Strandräuber in eine düstere Höhle verschleppt und wir tagelang weder Tageslicht noch etwas Essbares sehen“, entgegnet Ela.

Wir müssen lachen.

„Ich glaube, unsere Fantasie ist blühender als je zuvor“, keucht Tonne. „Dieses Land raubt uns den Verstand.“

„Wie ich Ela kenne, hat sie bestimmt noch eine Wurst in ihrer Socke als Notreserve versteckt“, sage ich grinsend.

Doch Tonne scheint mich gar nicht zu hören, sondern starrt entsetzt zum Himmel.

„Au Backe. Das sieht aber gar nicht gut aus“, stöhne ich. Die Wolken am Himmel haben sich wie eine schwarze Decke über uns gelegt und die Luft hat einen seltsamen grünen Schimmer angenommen.

„Das sieht nach mehr als einem kleinen Schauer aus“, flüstert Luisa, die ebenfalls mit weit aufgerissenen Augen in den Himmel blickt. „Ziemlich schlechter Zeitpunkt“, ergänzt sie und beginnt mit schnellen Schritten weiterzulaufen. Wir anderen eilen hinter ihr her.

„Wie meinst du das?“, schreie ich ihr hinterher, weil ein laut brausender Wind aufgekommen ist.

„Die nächste Möglichkeit sich unterzustellen ist erst in der Bucht“, ruft Luisa über die Schulter, während sie zu rennen beginnt.

Irgendwo in unserer Nähe kracht ein Donner so laut, dass Tonne und ich vor Schreck quieken. Der Wind wirbelt Sand und Gräser wie wild um unsere Nasen und der Schirm, den Tonne hält, wird völlig verbogen. Verzweifelt sieht Tonne mich an und wir rennen so schnell wir können hinter Luisa her. Mein Herz rast vor Panik. Wieder kracht es über uns und diesmal zuckt ganz in der Nähe ein Blitz zu Boden. Dann ergießt sich der Regen wasserfallähnlich auf uns herab. Tonne und ich bleiben vor Angst wie angewurzelt stehen.

„Lauft!“, keucht da eine Stimme von hinten. Unser Rex sprintet, gefolgt von einer Horde Mädchen, an uns vorbei.

Tonne zerrt mich grob am Ärmel und gemeinsam rennen wir los, als wäre uns ein Rudel Wölfe auf den Fersen. Blitze zucken durch die Luft und ein gespenstisches Säuseln mischt sich unter das Prasseln des Regens.

„Ich kann nicht mehr!“, jaule ich nach einer Weile auf und schnappe verkrampft nach Luft.

„Du kannst!“, faucht mich Tonne bestimmt an. Wieder zieht sie mich hinter sich her und ich lasse mich mitreißen.

Immer wieder trete ich in Pfützen und ein kalter Schauer jagt mir den Rücken herunter. *Ich habe Angst!*, schreie ich in meinem Inneren zu Gott. *Bitte hilf uns! Wir brauchen jetzt deine Hilfe!*

Plötzlich rutschen meine Füße in einer Matschgrube aus. Mit einem schnellen Sprung nach vorne versuche ich Halt zu bekommen, doch ich lande in voller Länge auf dem matschigen Weg.

„Das darf doch jetzt nicht wahr sein“, stöhne ich und richte mich langsam auf. Jetzt bin ich nicht nur triefnass, sondern auch braun beschmiert.

Tonne, die zu mir gestürzt kommt, blickt mich entsetzt an. „Bist du okay?“, fragt sie und reicht mir ihre Hand, um mich aus dem Schlamm zu ziehen.

„Denke schon“, grummle ich, während ich mir von meiner Freundin hochhelfen lassen. Tatsächlich scheint alles heil geblieben zu sein.

Wieder schießt ganz in der Nähe ein Blitz zu Boden, woraufhin Tonne und ich uns erschrocken umdrehen. Von einem weiteren Blitz in ein grelles Licht gehüllt, kommt eine Gestalt in einem wehenden Umhang auf uns zu. Wir schreien auf.

So schnell wie möglich versuchen wir wegzulaufen, doch da bringt uns die Matschlache beide zu Fall. Mit weit aufgerissenen Augen starren wir die fürchterliche Gestalt an, die mit ausgestreckten Armen und unglaublich langen Fingern auf uns zustürzt. Ich merke, wie sich alles in mir verkrampft. Die Gestalt greift jetzt mit ihren Händen nach uns und Tonne und ich fangen hysterisch an zu schreien. Starr vor Angst blicke ich zu der Gestalt auf, die jetzt an unseren Händen zieht.

Hinter ihr tauchen aus dem grauen Nichts Gesichter auf, die ich erst nur verschwommen wahrnehme, die sich dann aber immer deutlicher und klarer absetzen.

Verwirrt blicke ich auf einmal in die fragenden Gesichter meiner triefnassen Klassenkameradinnen um mich herum. Mein Verstand braucht eine Ewigkeit, um zu begreifen. Nun blicke ich Tonne ins Gesicht, deren Hand ich immer noch panisch umklammere. Die Angst in ihrem Gesicht wird von einem schelmischen Zucken ihrer Mundwinkel abgelöst und bald fängt sie erleichtert an zu lachen.

Ich kann mich nun auch nicht mehr halten. Meine Erleichterung entlädt sich in Gegluckse.

Alle anderen um uns scheinen nun auch zu verstehen, dass wir panische Angst vor unserer in die Stranddecke eingehüllten Frau Spießlig hatten. Sie hatte sich die Decke so über ihren Kopf gezogen, dass sie wie ein langer Umhang an ihrem schmalen Körper klebte. Außerdem war das Einzige, was man von ihr sehen konnte, ihre große Nase, die nassen, strähnigen Haare und ihre langen Fingernägel. Kopfschüttelnd und entrüstet mustert Frau Spießlig erst mich, dann die quiekende Tonne und stimmt dann auch amüsiert in unser Lachen ein.

Die erste, die wieder einigermaßen klar denken kann, ist Lissy: „Ihr wisst schon, dass wir uns hier mitten in einem Unwetter befinden. Wenn ihr nicht langsam wieder zu Verstand kommt, dann erwischt der Blitz doch noch eine von uns.“

Tonne und ich rappeln uns auf und kurz darauf traben wir, nicht mehr ganz so panisch, den Pfad zur Bucht hinunter. Ich versuche, besser auf den Weg zu achten, damit ich mich nicht mehr hinlege. Doch immer wieder muss jemandem vom Boden aufgeholfen werden. Bald sehen wir aus wie eine Horde Schweine nach einem ausgiebigen Schlammbad.

„Da vorne muss es sein!“, ruft da Frau Spießlig mit heiserer Stimme.

Durch den Regen erkenne ich ein Stück weiter vorn ein kleines weißes Gebäude. Wir rennen den gewundenen Weg weiter nach unten und stürzen schließlich durch die Tür des Hauses. Von den Erstankömmlingen werden wir mit freudigem Gejauchze empfangen.

Das kleine Café ist bereits zum Bersten vollgestopft mit klitschnassen Mädchen, die sich an heißen Getränken festhalten. Tonne und ich suchen uns zitternd einen Platz am Fenster, in der Nähe unserer Freundinnen. Draußen sehen wir, wie hohe Wellen in die Bucht krachen und Schaum auf den mit Gras bewachsenen Felsen hinterlassen.

„Jeder bekommt etwas Warmes zu trinken“, höre ich die Stimme unseres Rex und bald erreichen uns große Tassen, aus denen heiße Dampfschwaden emporsteigen.

„Herrlich!“, schnaufe ich und presse meine Hände ganz eng um meine dampfende Tasse. Nach einigen Schlucken höre ich auf zu zittern und mich durchflutet eine wohlige Wärme.

„Das ist genau das Richtige nach unserer feuchten Wanderung“, seufzt Tonne, die sich eng an mich gekuschelt hat.

„Lebenserhaltend!“, stimmt Frau Spießlig zu, während sie sich aus der nassen Stranddecke pellt. Darunter ist sie ziemlich trocken geblieben.

„Seht mal, da vorne reißt tatsächlich der Himmel auf“, sagt Janine und zeigt auf das tobende Meer hinaus.

„Vielleicht hätten wir einfach noch ein, zwei Stunden im Bus warten sollen“, kichert Nele.

„Dann hätten wir aber nicht so viel zu lachen gehabt“, entgegnet Tonne und wir beide müssen bei dem Gedanken an unsere Panik vor Frau Spießlig lachen.

„Daran ist allein diese Decke schuld gewesen“, protestiert Frau Spießlig, muss aber gleich mit in unser Gelächter einstimmen.

Nachdem der letzte Tee ausgeschlürft ist, hört es tatsächlich auf zu regnen. Durch die grauen Wolken brechen sogar einzelne Sonnenstrahlen. Endlich sehen wir die Schönheit des Platzes, an dem wir Schutz gesucht haben. Die tiefgrüne Wiese vor uns eröffnet den Blick auf bizarre Felsen, die aussehen, als wären sie wie Bausteine ins Wasser geworfen worden.

„Wow!“, staune ich. „Dieser Ort ist echt wunderschön!“

„Dafür hat es sich gelohnt, klitschnass und braun-krustig zu werden“, schnauft Tonne, die wie ich auf die schroffen Felsen starrt.

„Habe ich euch zu viel versprochen?“, reißt uns Luisa aus unserer Faszination.

„Nein!“, sagen Tonne und ich gleichzeitig.

„Wunderschön“, flüstert Luisa.

Wir drei stehen einfach nur da und lassen den Anblick und unsere tiefe Verbundenheit auf uns wirken.

Danke, sage ich innerlich zu meinem Vater im Himmel. *Du hast das alles gemacht – du musst der Hammer sein, Gott! Ich liebe es, dich zu kennen und zu wissen, dass du jederzeit bei mir bist.* Tief in meinem Herzen macht sich eine Dankbarkeit breit, die mich warm durchströmt.

„Gott muss so unwahrscheinlich herrlich sein, wenn er all das hier gemacht hat“, sage ich laut, woraufhin mich Luisa erstaunt ansieht.

„Glaubst du, dass hinter all dem Gott steckt?“, fragt sie.

„Ja, das kann gar nicht anders sein“, antworte ich. „Seht euch doch mal selbst an! Wie könnte so etwas Geniales aus dem Nichts entstehen?“

Tonne sagt lachend: „An mir musste Gott wohl ganz schön lange herumbasteln … Niemand hat so ein bezauberndes Lachen wie ich.“

Auch Luisa und ich müssen nun lachen und Tonnes Gequieke heizt uns dazu wieder einmal mehr an.

„Wirklich unschlagbar!“, röchle ich und klopfe Tonne auf die Schulter.

Nachdem wir noch ein wenig die Bucht unsicher gemacht haben und enttäuschenderweise keine alte Kiste mit wertvollen Schätzen gefunden haben, machen wir uns bei angenehmem Wetter wieder auf den Weg zurück zu unserem Bus. Erst jetzt kann man die Landschaft in ihrer vollen Schönheit sehen, weil sich der Nebel aufgelöst hat. Heidepflanzen in den verschiedensten Farben wachsen auf den Hängen. Rechts von uns fällt die tiefe Steilküste ab, gegen die die Wellen immer noch gurgelnd prallen. Das Licht, das sich durch die Wolken kämpft, taucht alles in einen goldenen Schimmer.

„Komisch, dass einem der Rückweg immer viel kürzer vorkommt als der Hinweg“, wundert sich Frieda und zeigt nach kurzer Zeit auf die Anhöhe, auf der sich der Parkplatz befindet.

„Das ist ein Phänomen, das man schon wissenschaftlich untersucht hat“, meint Pauline schlau. „Es ist jedenfalls belegt, dass sich das Gefühl für Zeit verringert, wenn man Dinge wahrnimmt, an die man sich erinnert und an denen man sich orientieren kann.“

„Ich glaube, ich kann mich an gar nichts, was ich auf dem Hinweg gesehen habe, erinnern. Vorhin war es einfach nur düster und man hat durch den Regen nicht die eigene Hand vor Augen gesehen. Hiermit ist die Studie widerlegt“, entgegnet Tonne.

„Vielleicht lässt Angst ja den Weg länger erscheinen. Dazu müssten wir mal unsere zwei Expertinnen befragen“, witzelt Janine und klopft Tonne freundschaftlich auf die Schulter.

Im Bus angekommen beginnen alle, sich die nassen Kleider auszuziehen. Einige haben trockene Wechselkleidung dabei.

Als ich gerade meine triefnasse Jacke in einem Müllbeutel verstaue, stöhnt Lissy neben mir auf: „So ein Mist! Mein ganzes Portmonee ist durchnässt. Seht euch mal das Geld an." Alle blicken auf die triefenden Lappen, die sie in die Höhe hält. „Oh nein, das war die Handynummer meiner Mutter." Lissy hält einen total ausgewaschenen Zettel in der Hand. Die blauen Flecken verraten, dass dort mal etwas mit Tinte geschrieben stand.

Mich beschleicht ein unheimliches Gefühl und ich reiße mir panisch meine Regenhose von den Beinen. *Der Brief von meiner Mutter!*, kreischt es in mir. *Jetzt habe ich meine Chance vertan!*

Mit zittrigen Händen taste ich über meine Hose und stelle erleichtert fest, dass sie am Hintern trocken geblieben ist. Vorsichtig ziehe ich den Brief aus der hinteren Hosentasche. Ich atme auf. Den Brief fest in meiner Hand blicke ich auf und stelle erleichtert fest, dass niemandem meine panische Aktion aufgefallen ist. Alle sind freudig am Schnattern.

Ich stecke den Brief in meine trockene Hosentasche zurück und nehme mir vor, ihn an einem sichereren Ort aufzubewahren. *Wie schrecklich wäre es gewesen, wenn ich nicht mehr die Möglichkeit gehabt hätte, mich zu entscheiden, ob ich den Brief lesen will oder nicht*, denke ich.

Das wilde Treiben vor meinen Augen löst sich im Nebel meiner Gedanken auf. Bilder einer sehr jungen, wunderschönen Frau mit langen blonden Haaren tauchen vor meinem inneren Auge auf.

Was ist damals passiert?, frage ich mich.

Kulinarische Achterbahn

„Heute habt ihr Zeit, die Stadt Penzance unsicher zu machen“, erklärt der Rex, als wir am nächsten Tag das Frühstück beendet haben. „Mittagessen wird es keines geben, sondern nur ein Lunchpaket, das ihr euch in der Küche abholen könnt.“

„Und wie ich mir ein Lunchpaket in der Küche holen werde“, säuselt Janine verliebt. „Vielleicht hole ich mir auch fünf Pakete. Auch wenn ich mich in den nächsten Tagen dann nur noch von Sandwiches ernähren muss. Hauptsache, ich kann den Prinzen sehen.“

Wir anderen schütteln den Kopf über unsere Freundin mit ihrem Jungsproblem.

„Der Typ ist nur eine Küchenhilfe, kein Prinz“, meint Tonne trocken, woraufhin alle außer Janine kichern.

Der Rex wirft uns einen strafenden Blick über den Rand seiner Hornbrille zu und räuspert sich gekünstelt. Dann fährt er fort: „Frau Spießlig hat in Penzance eine Stadtführung organisiert.“ Ein Raunen erfüllt den Speisesaal und einige der Mädchen schütteln panisch die Köpfe. Wieder räuspert sich der Rex, dann bringt er seinen Satz zu Ende: „An der Führung dürfen alle gerne teilnehmen. Also habt viel Spaß und bis heute Abend.“

Nachdem wir uns in der Küche unsere Lunchpakete abgeholt haben, stürmen wir auf unser Zimmer, um unsere Taschen für den kleinen Ausflug zu packen. Kurze Zeit später befinden sich Ela, Pauline, Tonne, Luisa und ich auf einer kleinen Kopfsteinpflasterstraße und laufen in Richtung des Stadtzentrums.

„Janine ist förmlich aus der Küche geschwebt", amüsiert sich Tonne.

„Der Küchenschönling hat es ihr halt so richtig angetan", stelle ich fest.

„Was fangen wir jetzt mit unserem Tag hier an?", fragt Tonne.

„Wir begeben uns auf die schon lang ersehnte kulinarische Reise", jubelt Ela und leckt sich die Lippen bei dem Gedanken.

Wir anderen sehen sie fragend an.

„Mensch Leute, wir sind in England. Fish and Chips ist da wohl ein Muss, oder? Das ist *die* englische Spezialität!" Ela steht irritiert vor uns und wartet darauf, dass uns ihre Begeisterung ansteckt, was aber irgendwie nicht passiert.

„Deswegen hast du dir heute kein Lunchpaket mitgenommen. Ich habe mir fast schon Sorgen gemacht", sagt Pauline.

Ela zieht eine Grimasse und lässt die Schultern hängen. „Mit euch ist essensmäßig echt nichts anzufangen", stöhnt sie.

„Jetzt gib doch nicht gleich auf", mischt sich Luisa in die Essensdebatte ein. „Wir haben nur gerade erst gut gefrühstückt. Der Hunger kommt bestimmt wieder und dann essen wir mit dir Fish and Chips. Versprochen!"

Tonne und ich sehen uns fragend an. Wurde da gerade über unsere Köpfe hinweg bestimmt, was wir zu Mittag essen? Dafür ernten wir von Luisa einen ärgerlichen Blick.

„Ja … äh … na gut, wenn ihr meint", stottere ich.

„Bevor wir uns aber um das Mittagessen kümmern, gehen wir zum Meer hinunter. In der Bucht von Penzance kann man nämlich wunderbar auf den St. Michael's Mount schauen", schlägt Pauline vor.

„Was ist denn das?", frage ich.

„Eine verwunschene kleine Insel. Vicky und ich haben sie bei einem unserer Streifzüge entdeckt."

„Hört sich gut an", sage ich.

Wir fünf laufen plaudernd auf der Promenade oberhalb des Meeres. Über dem Wasser liegt ein feuchter, gräulicher Dunst.

Möwen ziehen kreischend an uns vorbei und die weißen Kleckse an der Mauer neben uns verraten, dass sie sich hier ganz besonders gerne aufhalten.

„Da hinten!", ruft Tonne auf einmal und zeigt mit ausgestrecktem Arm auf eine winzige Insel, die nah an der Küste liegt. Auf ihr thront ein kleines Schloss, das von vielen zackigen Felsvorsprüngen umgeben ist.

„Dort muss es ganz schön einsam sein", murmle ich.

Pauline, die einen Reiseführer aus ihrer bunten Stoffumhängetasche gezogen hat, blättert in den Seiten und liest: „Der Felsen, der wunderschön in der Bucht von Penzance liegt, hat eine weit zurückliegende Geschichte. Laut der Legende erschien Fischern im Jahr 495 nach Christus der Erzengel Michael auf einem Felsen der Insel. Diese Erscheinung hinterließ bei den Einwohnern der Insel einen so unglaublichen Eindruck, dass man dort im sechsten Jahrhundert ein keltisches Kloster errichtete.“

„Hör mir auf mit den Legenden“, stöhnt Tonne und verdreht genervt die Augen.

„Also ich finde die Engelgeschichte toll“, protestiert Ela fasziniert.

„Ein bisschen Kultur kann dir wirklich nicht schaden“, melde ich mich zu Wort. Meiner grummelnden Freundin klopfe ich freundschaftlich auf die Schulter.

„Ich kann das Ganze ja abkürzen“, meint Pauline. „Heinrich der Achte löste das Kloster auf, 1659 kaufte Colonel St Aubyn die Insel und ließ das Kloster in ein Herrenhaus umbauen, heute leben die Nachkommen von St Aubyn nur noch zur Untermiete auf dem Schloss, da sie die Immobilie und den Berg einer gemeinnützigen Organisation überschrieben haben.“

„Und wenn sie nicht gestorben sind, dann leben sie noch heute, vereinsamt auf diesem Berg im Atlantik“, unterbricht Tonne Pauline und klopft ungeduldig mit dem Fuß auf den Boden.

„Habe verstanden“, seufzt Pauline. „Dir ist nicht nach Infos über diesen Platz zumute. Dann eben nicht!“ Sie schiebt den Reiseführer zurück in ihre Tasche und setzt sich schmollend auf die Mauer.

Wir anderen setzen uns dazu und starren auf die Wellen, die auf den Strand rollen.

„Seht mal da!“, reißt uns Luisa plötzlich aus unseren Gedanken und zeigt auf das offene Meer.

Ich kann meinen Augen nicht trauen. „Wie geht das denn?“, frage ich.

„Da laufen Leute über das Wasser! Genau auf den St. Michael’s Mount zu!“, ruft Tonne entsetzt und springt auf die Beine.

Tatsächlich sehen wir, wie eine Gruppe von etwa zehn Leuten scheinbar mühelos auf den Wellen geht.

Auch wir anderen haben uns aufgerappelt. Alle, bis auf Pauline.

„Die Insel kann man auf zwei Wegen erreichen“, schnaubt sie gelangweilt. „Bei Ebbe wandert man auf einem Granitweg von einem Dorf aus hinüber. Bei Flut nimmt man eines der Boote, die ständig zwischen Ufer und Insel pendeln. Das hätte ich euch als Nächstes vorgelesen.“

Tonne blickt daraufhin beschämt auf ihre Schuhe. „Sorry!“, murmelt sie.

„Schon gut“, erwidert Pauline mit erhabenem Blick.

„Dann laufen die also gar nicht übers Wasser“, bemerkt Ela erstaunt. Wir anderen müssen lachen.

„Was ist das eigentlich für braunes Zeug da vorne im Sand?“, frage ich meine Freundinnen, um das Gespräch auf ein anderes Thema zu lenken.

„Kein Geheimnis, das man nicht lüften könnte“, meint Tonne und rennt die Böschung runter zum Kiesstrand.

Wir anderen rennen quiekend hinter ihr her, bis wir vor einem Wall aus Steinen und Algen stehenbleiben, den das Meer hier aufgetürmt hat.

„Haare!“, schreit Tonne gegen das Rauschen des Meeres an, während sie sich einige von den braunen, glibbrigen Algen nimmt und sie sich über den Kopf hängt.

Tatsächlich sieht Tonne jetzt aus, als hätte sie langes, wallendes Haar. Ich verziehe angewidert mein Gesicht und Luisa kreischt laut auf, als Tonne ihre Algenhaare nach uns wirft.

„Wallendes Haar zu verschenken“, ruft sie dabei.

Luisa und ich nehmen Reißaus, doch Pauline und Ela liefern sich mit Tonne eine regelrechte Algenschlacht.

„So verrückte Freundinnen sind schon amüsant“, lache ich und halte mir den Bauch. Pauline sieht gerade zum Schreien aus, denn sie hat eine Riesenalge in der Hand und eine weitere hat sich in ihrer Kapuze verfangen.

Irgendwann hält Ela abrupt inne und ruft: „Habt ihr nicht auch langsam mal Kohldampf?“

Die drei trollen sich daraufhin lachend zu Luisa und mir. Dabei wischen sie sich Reste von dem braunen Glibber von den Kleidern.

„Also das mit dem Fisch könnt ihr euch sparen“, sage ich, verziehe meine Nase und fächle mir Luft zu. „Ihr riecht, als hättet ihr in totem Fisch gebadet.“

„Echt jetzt?“, fragt Tonne und hält sich den Ärmel ihrer Jacke vor die Nase. „Ich rieche gar nichts.“

„Unglaublich!“, stöhne ich.

„Dann kann es ja losgehen, ihr Fischbacken“, jauchzt Ela.

Gemeinsam stapfen wir fröhlich plaudernd die Promenade zurück. In der kleinen Stadt angekommen, machen wir uns auf die Suche nach einem Imbiss, der Fish and Chips anbietet. Bald schon werden wir in der Fußgängerzone fündig.

„Reicht eine kleine Portion?", fragt Luisa, als sie das Schild mit den Angeboten studiert.

„Bestimmt nicht", mutmaßt Ela sofort. „Und wenn du nicht alles verputzen kannst, bin immer noch ich an deiner Seite." Ein leuchtender Ausdruck liegt dabei auf Elas Gesicht und ich muss lächeln.

„Na gut, dann schlagen wir wohl mal über die Stränge", sagt Luisa entschlossen und läuft in den Laden. „Fish and Chips, please. The biggest one you have." Luisa dreht sich freudestrahlend zu uns um.

Wir anderen schließen uns an und bestellen dasselbe, in der Hoffnung, dass Ela mal so richtig satt wird. Als wir allerdings die Riesentüten erblicken, die für uns mit Fisch und Pommes gefüllt werden, sehen wir uns ein wenig verdattert an.

„Da hätten wir alle von einer Tüte satt werden können", flüstere ich eingeschüchtert.

Nur Ela lässt sich nichts anmerken. „Das sind doch nur kleine Tütchen", sagt sie und grinst wie ein Honigkuchenpferd.

Wir anderen schütteln verständnislos die Köpfe und nehmen unser Mittagessen in Empfang.

Tonne hält sich die Tüte vor den Kopf. „Hinter der kann ich mich ja verstecken", quiekt sie. „Wie soll ich die Portion nur schaffen?"

„Ich glaube, ich bin alleine von diesem monströsen Anblick schon satt geworden“, jaule ich.

Ela schiebt sich schon fröhlich eine Pommes nach der anderen in den Mund. „Guten Appetit!“, sagt sie und nickt uns auffordernd zu.

„Sind bombenlecker, die Dinger!“

In den nächsten Minuten kämpfen Pauline, Tonne, Luisa und ich mit unseren großen Portionen und verlieren den Kampf jämmerlich.

„Das Zeug schmeckt ja wahnsinnig gut, aber ich glaube, ich wäre mit halb so viel pappsatt geworden“, stöhnt Pauline mit schmerzverzerrtem Gesicht.

„Wir können sie ja mitnehmen und heute Abend essen“, schlägt Luisa vor.

„Gib sie mir ruhig“, meldet sich Ela, die sich gerade die letzte ihrer Pommes in den Mund gestopft hat.

Luisa gibt Ela freudestrahlend ihre Tüte.

Puh, denke ich. Mein Magen verkrampft sich schon beim Anblick der restlichen frittierten Kartoffeln. „Ich glaube, ich muss auch passen“, sage ich resigniert.

„Kein Wunder“, schnauft Ela. „Wie soll in so eine kleine Person auch irgendetwas reinpassen.“

Ich verziehe eingeschnappt mein Gesicht und will gerade etwas erwidern, da schnappt sich Ela meine Tüte und mampft weiter.

„Wie machst du das?“, frage ich sie heiser, bekomme aber nur ein leises Brummen zur Antwort.

Tatsächlich verdrückt Ela auch noch die Reste von Tonne, muss aber passen, als Pauline ihr ihre Tüte vor die Nase hält.

„Puh, ich glaube, mehr ist beim besten Willen nicht mehr drin."

Wir anderen nicken verständnisvoll.

Als Ela sich irgendwann wieder im Stande fühlt weiterzugehen, schlendern wir fünf durch die Fußgängerzone.

„Das ist ja schlimmer als nach Weihnachten!", stöhnt Tonne. „Ich fühle mich so voll wie schon lange nicht mehr."

„Das kannst du wohl sagen", stimme ich zu und reibe mir über den Bauch, der sich hart und kugelig anfühlt.

Plötzlich bleibt Ela vor einem kleinen romantischen Café stehen.

„Habt ihr Lust auf einen waschechten englischen Cream Tea?", fragt Ela. Wir anderen sehen sie irritiert an.

„Das ist hier eine Spezialität!", ergänzt Ela und geht auf das Café zu. „Wie kann Ela schon wieder daran denken, etwas in ihren Bauch zu bekommen?", haucht Tonne.

Nachdem uns Ela zuwinkt, setzen wir uns in Bewegung und folgen ihr in das kleine Café. Sie hat für uns einen runden Tisch an einem der großen Fenster ergattert.

„Das wollte ich schon seit Tagen mal machen", sagt sie.

Wir setzen uns um den Tisch, auf dem eine lange weiße Spitzendecke liegt. Die Stühle sind mit süßen Blümchenkissen gepolstert und rings um uns herum stehen Schränke und Regale mit altem Porzellan.

„Schnuckelig", meint Pauline.

„Einen Tee bekommen wir noch runter", erklärt Tonne.

Ihre Gewissheit erstaunt mich und als Ela für uns alle einen Cream Tea bestellt, blubbert es bedrohlich in meinem Bauch. Um mich abzulenken, mustere ich die anderen Gäste des Cafés. In unserer Nähe sitzen ein älteres Pärchen, das sich leise murmelnd unterhält; eine Familie mit zwei süßen Mädchen, die aus Servietten kleine Schiffchen falten und ein alter Mann mit Schnauzer, der in einer Zeitung blättert.

„Das ist England", jubelt Ela kurz darauf, als die Kellnerin mit einem Tablett an unseren Tisch gelaufen kommt. Sie stellt vor jede von uns eine Tasse Tee und einen Teller mit einem Küchlein. Dazu noch jeweils zwei kleine Schalen, die mit Marmelade und einer weißen Creme gefüllt sind.

Irritiert sehen wir Ela an, die scheinbar genauso überrascht ist.

„Kann ich ja nicht ahnen, dass es hier zum Tee automatisch einen Kuchen dazu gibt", meint sie und zuckt mit den Schultern.

Fragend blicken wir auf die Schalen, die vor uns stehen. *Wie genau isst man das jetzt?*, frage ich mich.

„Also", räuspert sich Ela, „meine Vermutung ist, dass man diese Creme löffelweise in den Tee gibt und solange rührt, bis sie sich im Tee verteilt hat."

„Die ganze Creme?", frage ich erstaunt.

„Wahrscheinlich, je nach Geschmack", meint Ela und schaufelt sich ihre komplette Portion in die Tasse.

Wir anderen rühren die Creme, bei der es sich um eine zähflüssige Sahnemasse handelt, ebenfalls in unsere Tassen.

„Soll ja eine Spezialität sein“, sage ich, als ich die Brühe in meiner Tasse betrachte und versuche, die Fettaugen unterzurühren.

Ela macht sich jetzt daran, ihren Kuchen mit Marmelade zu bestreichen und beißt genussvoll hinein. Nachdem wir alle von unserem Tee gekostet haben, bemerke ich, wie die beiden Mädchen, die eben noch emsig ihre Servietten gefaltet haben, auf uns zeigen und kichern.

„Ich glaube, irgendetwas haben wir grundlegend falsch gemacht“, flüstere ich und deute mit einem Kopfnicken unauffällig auf die beiden Mädchen.

„Ach was!“, sagt Ela schmatzend.

Der Mann, der eben noch in seiner Zeitung geblättert hat, blickt jetzt auch interessiert zu uns herüber und ein Grinsen lässt seinen dunklen Schnauzer wie eine verbogene Banane aussehen.

„Leute, irgendetwas stimmt nicht“, flüstere ich wieder, nachdem nun auch das alte Ehepaar zu uns rübersieht und sich scheinbar ziemlich zusammenreißen muss, um nicht loszukichern.

Wir fünf sehen uns hilflos an.

„Irgendwie schmerzt mein Bauch“, stöhnt Luisa.

„Ich habe auch so ein seltsames Gefühl in der Magengegend“, sage ich und schiebe meine Teetasse von mir. Auf dem Tee schwimmen unzählige Fettaugen.

Da zeigt eines der kichernden Mädchen auf eine der Schüsseln, die vor ihr auf dem Tisch stehen. Dann deutet sie auf ihre Teetasse und schüttelt heftig mit dem Kopf. Langsam dämmert es mir. „Die Creme kommt nicht in den Tee, sondern auf das Brötchen", schnaufe ich. Mein Bauch blubbert jetzt noch heftiger.

Pauline, Tonne und Luisa sehen zuerst mich an, dann schießen sie böse Blicke in Elas Richtung. Die sitzt wie ein Häufchen Elend auf ihrem Stuhl und reibt sich den Bauch.

„Nie wieder Cream Tea", jault sie und ihr Gesicht wird von Sekunde zu Sekunde blasser. Plötzlich springt sie auf und rennt in Richtung Klo. Doch das ist besetzt. Wir anderen halten den Atem an, als wir sehen, dass Ela nun jegliche Farbe aus dem Gesicht verloren hat. Sie krümmt sich verdächtig, schnappt sich den Schirmständer aus der Garderobe und rennt damit vor die Tür. Wir und alle anderen Gäste des Cafés starren ihr hinterher. Die Kellnerin kommt aufgeregt angelaufen und verschwindet mit einer Handvoll Servietten auch aus der Tür.

„Ich glaube, wir verschwinden lieber", stöhnt Tonne, die auch ein wenig blass aussieht.

Wir legen etwas Geld auf den Tisch und schlurfen zu Ela, die über den Schirmständer gebeugt auf den Stufen vor dem Café sitzt. Die Kellnerin sieht besorgt auf sie runter und gibt uns zu verstehen, dass wir sie lieber nach Hause bringen sollen. Ich helfe Ela hoch. Auf wackeligen Beinen stehend, bedankt sie sich bei der Kellnerin und hält ihr den

Schirmständer entgegen. Die Kellnerin macht eine abwehrende Handbewegung, dann verschwindet sie schnell im Café.

Bedröppelt gehen wir die Fußgängerzone entlang.

„Schöne Spezialität", sagt Tonne und schüttelt den Kopf.

„Aber wir haben ein Souvenir", entgegnet Pauline mit einem Anflug von Begeisterung in der Stimme und deutet auf den Schirmständer, den Ela fest mit den Händen umklammert.

„Hätte ich das gewusst", meint Ela, „dann hätte ich in die große chinesische Vase erbrochen."

Wir anderen müssen lachen und machen uns träge auf den Weg zurück zum Herrenhaus.

Dort angekommen begrüßt uns Gitty freudig und fängt an, fröhlich von ihrem Tag zu plaudern: „Der Cream Tea ist wirklich eine besonders leckere Spezialität", schwärmt sie.

Wir fünf blicken uns entgeistert an und scheinbar kämpfe nicht nur ich mit dem Würgereiz. Schnell verschwinden wir auf unseren Zimmern.

„Wir hätten doch die Stadtführung mit Frau Spießlig machen sollen!", jammere ich, als ich mich auf mein Bett fallen lasse.

Luisa und Tonne beantworten meine Feststellung nur mit einem gequälten Stöhnen. Nach wenigen Sekunden höre ich sie gleichmäßig im Schlaf atmen. Ich wälze mich in meinem Bett hin und her und versuche mich immer wieder so hinzulegen, dass mein Bauch nicht mehr so schmerzhaft rumort. Doch nichts scheint zu helfen. Da habe ich eine Idee. Ich schlüpfe in meine Hausschuhe, ziehe mir eine Strickjacke über und schleppe mich leise in die Küche. *Ein Kamillentee ist jetzt genau das Richtige*, denke ich und fange an, die Schubladen in der Küche zu inspizieren. Doch in keiner lässt sich Kamillentee finden. Da bleibt mein Blick an einer schmalen Tür neben dem Kühlschrank hängen. Ich gehe darauf zu, drehe den Knauf und spähe in einen kleinen Abstellraum hinein. *Hier muss der Tee doch sein*. Ich knipse das Licht an und lasse meinen Blick über die hohen Lebensmittelregale schweifen.

„Das ist wirklich nett, dass du ein wenig Zeit für mich hast!", höre ich plötzlich die Stimme unseres Rex, die schnell immer lauter wird.

Sofort schlüpfe ich in den Abstellraum, ziehe die Tür zu und knipse das Licht aus. Wenn der Rex mich schon wieder nachts außerhalb des Zimmers erwischt, ist er bestimmt nicht mehr so freundlich.

„Ich bin völlig neben der Spur", dringt die Stimme unseres Rex jetzt wieder in mein Versteck. „Einerseits würde ich nichts lieber, als endlich meine Tochter wiedersehen. Allein die Vorstellung, mit ihr in St. Ives reden zu können, treibt mir die Tränen in die Augen. Andererseits muss ich ihr so viel erklären."

Für kurze Zeit ist es still. Ich blicke durch das Schlüsselloch und sehe, wie der Rex sich über die Arbeitsplatte gebeugt hat und nickt, während er sein Handy ans Ohr drückt.

„Was ist, wenn ihr meine Erklärungen nicht reichen und sie mich nie wieder sehen will? Ein zweites Mal würde ich die Trennung bestimmt nicht mehr verkraften. Du weißt selbst, wie lange ich damals gebraucht habe, um wieder einigermaßen auf die Füße zu kommen."

Ich fühle mich total unwohl, so ein persönliches Gespräch meines Schulleiters zu belauschen und hoffe, dass mich mein rumorender Bauch nicht doch noch verrät.

„Du meinst, ich soll die Chance ergreifen?", fragt der Rex in den Apparat und wird wieder für einige Zeit still. „Du hast recht! Das bin ich ihr schuldig. Danke, mein Freund, du weißt gar nicht, wie sehr du mir geholfen hast. Ich bin dir wahnsinnig dankbar! Du hast mir Mut gemacht!"

Nach einer Verabschiedung wird es in der Küche wieder mucksmäuschenstill. Ich lausche wie gebannt. Nach einer Weile fällt eine Tür ins Schloss und ich atme tief ein. *Nichts wie weg!* Ich verschwinde so schnell ich kann in mein Bett, ohne einen weiteren Gedanken an Kamillentee zu verschwenden.

Unerwartete Wendungen in St. Ives

„Mensch, wie hast du das denn angestellt?“, frage ich Janine erstaunt, als sie mit dem Küchenschönling im Schlepptau zu unserem Treffpunkt vor dem riesigen Tor des Herrenhauses kommt.

„Charme“, erwidert sie und ihr Blick wandert zu dem schlaksigen Jungen, der sich seinen Rucksack lässig über die rechte Schulter gehängt hat. „Der Rex hat sich schnell davon überzeugen lassen, dass wir für unseren Ausflug nach St. Ives einen Ortskundigen brauchen.“ Ein schelmisches Grinsen huscht dabei über ihr Gesicht.

„Ich find es beruhigend, jemanden aus der Küche dabei zu haben,“ meint Ela kühl. Sie reibt sich über den Bauch und grinst.

„Er wird dir aber nichts kochen“, erwidert Janine schnippisch, dann zieht sie ihren Prinzen zum Bus.

Ela deutet auf ihren vollgestopften Rucksack. „Ist auch nicht nötig“, murmelt sie Janine hinterher.

Ich hake mich bei Ela ein, um mit ihr in den Bus zu steigen.

„Es ist wirklich ein herrlicher Tag, um nach St. Ives zu fahren“, meint Luisa und setzt sich auf den Sitz neben mich. „Heute könnte man sich tatsächlich mal vorstellen, einen Zeh in das Meer zu stecken.“

Nachdem es die letzten Tage immer wieder geregnet hat, trägt der Himmel heute ein tiefes Blau und die Sonne scheint herrlich wärmend.

„Von wegen nur einen Zeh! Wir werden den Atlantik unsicher machen!“, ruft Tonne und zeigt auf ihre prall gefüllte Tasche. „Alles, was man dafür braucht, ist hier drin.“ Sie strahlt über beide Ohren und auch ich muss grinsen, weil ich mich riesig auf den Tag freue.

Nachdem sich unser Bus eine ganze Weile über schmale Straßen und durch verschlafene Dörfer geschlängelt hat, schreit mir Ela von hinten ins Ohr: „Hey, seht mal, ich glaube, da ist die Küste!“

Ich halte mir die Hand auf die Brust, weil sie mich tierisch erschreckt hat. Dann folgt mein Blick ihrem ausgestreckten Arm und tatsächlich …

„Da hinten glitzert das Meer!“, jauchzt Tonne. „Sonne, Strand und Dünen. Endlich kommt mein Badezeug mal zum Einsatz.“

Auch die anderen Mädchen flippen jetzt total aus und ich bin froh, als unser Bus nach ein paar Minuten auf einem Parkplatz zum Stehen kommt und alle aussteigen. Eine steile kleine Straße führt uns hinunter in den Ortskern von St. Ives und zum Strand.

Plötzlich fällt mein Blick auf unseren Rex, der gebeugt hinter unserem neuen Stadtführer, dem schönen Prinzen, herläuft. Er sieht traurig aus. Ich denke an seinen Brief, den ich vor unserer Abreise in die Finger bekommen habe.

„Melde dich bitte bei uns! Deine Tochter". *Was ist da nur vorgefallen?*, frage ich mich.

„Seht mal da drüben! An der Mauer stehen Palmen", sagt Pauline und zeigt zum Strand.

„Juchu!", jauchzt Tonne. „Strand, wir kommen!" Sie sprintet in Richtung Meer.

„Sie hat recht!", sage ich. „Ab ins Wasser, bevor es wieder anfängt zu regnen." Wir anderen stürmen hinter Tonne her.

Am Strand werden Decken und Handtücher ausgebreitet, und bald tummelt sich eine Horde kreischender Mädchen im Wasser.

Nach einer Weile wird es mir zu kalt, und ich wate durch das Wasser zum Strand zurück. Der Küchenschönling und Frau Spießlig blicken kopfschüttelnd zu uns rüber, während Gitty es sich mit einem Buch bequem gemacht hat. Der Rex starrt abwesend vor sich hin. Er scheint über irgendetwas zu grübeln. Ich denke an das Gespräch, das ich gestern belauscht habe. Ich wünsche mir, dass es möglich wird, dass der Rex sich mit seiner Tochter trifft.

Plötzlich muss ich an den kleinen David aus der Bibel denken, der diesem wahnsinnsgroßen Riesen entgegengegangen ist, um mit ihm zu kämpfen. Schon immer mochte ich die Geschichte von dem mutigen Schafhirten besonders gern. *Ob er vor dem Kampf auch so mit sich gerungen hat?* Ich kuschle mich in mein Handtuch. *Jedenfalls war er mutig genug, die Zweifel zu verjagen und gegen den Riesen zu kämpfen.* Mal wieder denke ich an den Brief von meiner Mutter, der nun in meinem Koffer im Herrenhaus verstaut ist. Ich bedauere, dass ich ihn nicht dabei habe. *Vielleicht wäre ich gerade mutig genug, ihn zu öffnen*, überlege ich und lasse meinen Blick über den Strand gleiten. Aber dann wird mir klar, dass weder hier noch irgendwo anders in England der richtige Ort wäre, um den Brief zu öffnen. *Vielleicht habe ich dann Fragen an meinen Papa, und dann wäre er nicht hier, um sie mir zu beantworten.* „Ich öffne den Brief, wenn ich wieder zu Hause bin!", sage ich laut zu mir selbst und merke, wie ich mich entspanne.

Mein Blick bleibt erneut an unserem Rex hängen. Genau in diesem Augenblick schaut er auf und sieht mich mit traurigen Augen an. Ich nicke ihm aufmunternd zu. *Mutig wie David*, denke ich und bete zu Gott, dass ich genug Mut haben werde, den Brief zu Hause zu öffnen.

Dann sehe ich, wie sich der Rex von Gitty und Frau Spießlig verabschiedet und alleine in Richtung Stadt geht.

Als die anderen Mädchen bibbernd aus dem Wasser kommen, schiebe ich meine ernsten Gedanken wie einen Vorhang zur Seite.

Nach einem ausgiebigen Sonnenbad beschließen einige von uns, das verträumte Fischerörtchen St. Ives zu besichtigen. Janine kommt nicht mit. Sie bleibt geduldig bei ihrem englischen Schönling, der in ein Gespräch mit Frau Spießlig verwickelt ist.

„Jetzt muss sie sich ihren Schönling mit der wunderbaren Frau Spießlig teilen", stellt Lissy fest.

„Die Arme hatte sich so auf diesen romantischen Ausflug mit ihrem Prinzen gefreut“, spotte ich, doch irgendwie tut mir Janine wirklich ein wenig leid.

Gerade als wir uns auf den Weg machen wollen, reißt sich Gitty von ihrem Buch los. „Nehmt ihr mich mit?“, fragt sie.

Tonne macht eine einladende Bewegung und wir anderen nicken.

„Ich muss nur noch schnell meine Sachen zusammenräumen“, sagt Gitty und stopft ihre Decke und ihr Buch in eine große Korbtasche.

„Du hast etwas verloren“, sage ich und hebe den Brief auf, der aus Gittys Buch gerutscht ist. Mein Blick bleibt an dem Absender auf dem weißen Briefumschlag hängen.

„Alles klar?“, fragt mich Tonne, als ich Gitty den Brief wie in Zeitlupe zurückgebe.

Ich nicke, aber weiß nicht wirklich, was ich denken soll.

Gitty sieht mich ein wenig schief an und steckt den Brief sorgfältig in ihre Tasche.

Tonne zieht mich am Arm hinter sich her. „Was war denn da gerade los?“, fragt sie verwundert.

„Der Brief war von meinem Vater“, sage ich total verwirrt.

„Was?“, fragt Tonne so laut, dass ein paar andere Mädchen zu uns rübersehen. Sie scheint jetzt genauso verwirrt zu sein wie ich. „Läuft da was zwischen den beiden?“, fragt sie weiter.

Ich lasse meine Schultern resigniert hängen. „Woher soll ich das wissen?“

„Deswegen hatte die Karte von deinem Vater keine Briefmarke! Die hat gar nicht der Küchenschönling geklaut. Die kam zusammen mit dem Brief an Gitty an“, erinnert sich Tonne.

Ich schüttle den Kopf und kann mir immer noch keinen Reim auf die ganze Sache machen.

Zusammen mit den anderen Mädchen ziehen wir durch das schnuckelige Städtchen. Viele Cafés laden zum Verweilen ein und die süßen Geschäfte mit den großen Holzfenstern und Blumenkästen sehen wunderschön aus. Nachdem wir durch einige Geschäfte gestreift sind, machen sich Tonne, Ela, Pauline und ich auf zu einem Café am Hafen. Wir machen es uns auf den Korbstühlen bequem und studieren die Speisekarte.

„Ich werde mir ein richtig leckeres Stück Kuchen genehmigen“, hören wir Elas Stimme von hinter der Speisekarte aus.

„Ich trink nur was“, sage ich. Krampfhaft versuche ich aufzuhören, über den seltsamen Vorfall von eben nachzugrübeln. *Das klärt sich schon noch!*, sage ich mir, weil ich weiß, dass Gitty bestimmt mit mir über die Sache reden wird. Dann grinse ich, als ich mir Papa und Gitty als Paar vorstelle. Irgendwie bin ich auf einmal erleichtert, weil ich mir echt gut vorstellen kann, dass die beiden zusammenpassen.

Endlich kann ich die Zeit mit meinen Freundinnen wieder in vollen Zügen genießen. Die Sonne glitzert über dem Meer und hüllt die kleinen Fischerboote, die unterhalb der Hafenmauer auf dem Strand liegen, in ein zauberhaftes Licht.

„Hätte nicht gedacht, dass wir in diesem verregneten England noch mal so einen sonnigen Tag erleben", meint Pauline und lehnt sich entspannt in ihrem Korbstuhl zurück.

„Ja, so habe ich mir Südengland vorgestellt", murmelt Tonne. Dann erstarrt sie und ich folge ihrem Blick. In einiger Entfernung sitzt unser Rex mit einer jungen Frau auf einer Bank unter einer Palme.

„Hätte ich ihm gar nicht zugetraut", sagt Pauline, die den Rex jetzt auch entdeckt hat. „Ist gerade mal ein Stündchen allein unterwegs und hat schon eine hübsche junge Engländerin aufgegabelt."

„Ziemlich jung", bemerkt Ela mit vollem Mund.

Das muss seine Tochter sein, denke ich und bin bei dem Anblick echt bewegt. Wie lange haben die beiden wohl schon kein Wort mehr miteinander gewechselt? Jetzt ist es endlich soweit. Ich meine, Stolz und wahnsinnige Freude in den Augen unseres Rex zu erkennen. *Er hat es geschafft. Mutig wie David!* Der Anblick der beiden gibt mir Mut, meine eigene Herausforderung, die noch in Briefform in meinem Koffer auf mich wartet, anzugehen. Mein Entschluss steht fest: Ich werde meiner Mutter oder besser der Frau, die mich auf die Welt gebracht hat, eine Chance geben, mir alles zu erklären.

„Kommt, wir machen die Stadt noch ein wenig unsicher“, höre ich Tonne sagen. „Dann können die beiden noch ein bisschen unbeobachtet sein.“

„Ich möchte unbedingt noch in eine der Galerien gehen“, meint Pauline und wedelt mit ihrem Reiseführer.

„Na dann, ab mit uns“, sage ich.

Gespräch unter vier Augen

Als wir am Abend wieder in unserer Unterkunft angekommen sind, fängt mich Gitty ab, bevor ich mit den anderen in unserem Zimmer verschwinden kann.

„Mila, hast du kurz Zeit für mich?“, fragt sie und deutet auf den langen Flur, der zur Küche führt.

„Klar!“, sage ich, während ich Tonne meine Tasche in die Hand drücke.

Tonne nickt mir wohlwissend zu.

In der Küche angekommen, macht sich Gitty erst einmal daran, heißes Wasser für einen Tee zu kochen. „Seit wir hier sind, brauche ich die Teezeiten genauso wie die Engländer“, stellt sie fest.

Kurz darauf schiebt sie zwei dampfende Tassen vor uns und setzt sich mir gegenüber an die kleine Theke. Gitty umklammert ihre Tasse und rutscht unruhig auf ihrem Hocker hin und her.

Spuck's schon aus, denke ich, sage aber keinen Ton und sehe Gitty nur fragend an.

Sie schlürft einen Schluck Tee und mustert mich dann mit großen Augen. Dabei verzieht sie ihren Mund so komisch, dass es aussieht, als würden ihre Sommersprossen über ihr Gesicht tanzen. Sie atmet tief ein und schiebt ihre Tasse hin und her.

„Ich weiß gar nicht, wie ich anfangen soll“, ist Gittys hilfloser Versuch, das Gespräch zu beginnen.

Ich muss fast lachen, weil mir mittlerweile klar wird, was los ist. Ich beherrsche mich aber und tue völlig ahnungslos.

„Ich wollte mit dir über den Brief am Strand reden“, fängt Gitty wieder an.

Ich ziehe fragend meine Augenbrauen hoch und lasse Gitty zappeln. *Schließlich haben sie und Papa mich auch im Unklaren gelassen*, denke ich trotzig.

„An deinem Gesicht konnte ich sehen, dass du gelesen hast, wer der Absender des Briefes war“, fährt Gitty fort.

Ich nicke nur. Ich will diesen Augenblick noch ein wenig genießen.

„Es ist nämlich so“, sagt Gitty und legt wieder eine Pause ein. „Eigentlich wollte es dir dein Vater selbst erzählen.“ Sie schnappt sich ihre Tasse, um einen großen Schluck zu trinken. Dann nimmt sie meine Hände und sieht mir direkt in die Augen. „Dein Vater und ich verstehen uns ganz gut“, sagt sie ein wenig verunsichert. „Man könnte auch sagen, wir verstehen uns sehr gut.“

Ich weiß, dass das die Tatsache schon eher beschreibt. Ich schaue Gitty immer noch völlig fragend an. Das verwirrt sie noch mehr und Verzweiflung steigt in ihre Augen. „Verstehst du, was ich dir sagen will?“, fragt sie mich.

Ich schüttle mit betretener Miene den Kopf. Dabei platze ich fast, weil ich einen Lachanfall zurückhalten muss.

„Na, dein Vater und ich, wir haben uns seit unserer ersten Begegnung, damals, als ihr euch das Internat angesehen habt, gut verstanden.“

Meine Gedanken schweifen zu diesem Tag zurück und ich erinnere mich, dass ich mich plötzlich alleine in dem Labyrinth aus Fluren des Internats wiedergefunden habe, nachdem Papa und Gitty plaudernd davongezogen waren. Einzelne Puzzleteile fügen sich in meinem Kopf zusammen: Die Einladung von Gitty zum Kaffee, als Papa mich nach den Ferien zurück ins Internat gebracht hat; mein Papa, der in Gittys Gegenwart immer versucht, witzig zu sein und das geheimnisvolle Glitzern in seinen Augen, das ich in letzter Zeit immer wieder beobachten konnte.

„Nachdem wir uns öfter gesehen hatten, haben wir angefangen, uns regelmäßig zu schreiben“, berichtet Gitty. „Wir wollten sehen, ob aus unserer Freundschaft etwas Ernstes werden könnte. Und ich glaube, es entwickelt sich sehr stark in die ernste Richtung. Dein Vater ist ein wundervoller, witziger, warmherziger, gut aussehender Mann und ich fange an, seine liebevolle Art immer mehr zu genießen.“

Ich kann sie nicht länger auf die Folter spannen. „Wenn es jemanden gibt, mit dem ich meinen Papa teilen will, dann bist du das Gitty. Entspann dich!“, sage ich und nehme Gitty in den Arm.

Gitty hält mich ganz fest und schnieft mir vor Freude ins Ohr.

Auch ich bin überwältigt und merke, wie sich Freudentränen in meinen Augen sammeln. „Papa hätte keinen besseren Fang machen können“, flüstere ich Gitty in die Haare, die sie mir ins Gesicht drückt.

Gitty japst jetzt noch mehr nach Luft und kann ihre Tränen nicht mehr zurückhalten. Wir beide liegen uns in den Armen und ich bin glücklich ohne Ende. *Danke Gott!*, sage ich in Gedanken.

Nach ein paar Sekunden, Minuten oder Stunden entlässt Gitty mich aus ihrer innigen Umarmung und sieht mich mit roten Augen an. „Ich bin so froh!“, sagt sie und streicht mir über meine zerzausten blonden Haare.

„Ich auch!“, sage ich aus tiefstem Herzen. „Damit hättet ihr wirklich schon ein bisschen früher rausrücken können.“ Ich tue ein wenig eingeschnappt, muss aber sofort wieder lachen. „Aber ich muss zugeben, dass ich mir nach dem Ereignis am Strand vorhin schon so meine Gedanken gemacht habe.“

Gitty stupst mir freundschaftlich in die Seite und keucht: „Du hast es schon gewusst?“

Ich nicke schelmisch. „Habe es zumindest geahnt“, sage ich und mein Gekicher verwandelt sich in einen Lachanfall, als ich Gittys eingeschnappte Miene sehe.

„Du hast mich hier rumstottern lassen und wusstest die ganze Zeit Bescheid“, grummelt sie. „Na warte!“ Gitty stürzt sich grinsend auf mich. Ich rette mich, indem ich schnell hinter den Küchentisch springe.

„Na warte!“, sagt Gitty wieder und jagt mich um den Tisch herum.

Nach ein paar Runden lassen wir uns nebeneinander auf den Küchenboden plumpsen und schnappen hektisch nach Luft.

Gitty wuschelt mir durch die Haare und schnauft entrüstet: „Und ich mache dir noch einen Tee, Fräulein Meisentöter." Daraufhin verzieht Gitty ihr Gesicht, als hätte sie in eine Zitrone gebissen. Wir beide müssen wieder lachen und sitzen, unsere Bäuche haltend, auf den Küchenfliesen des Herrenhauses.

Später gehen wir gemeinsam die große Holztreppe hinauf zu unseren Zimmern.

„Du, Gitty?", frage ich ein wenig kleinlaut. „Kannst du mir etwas versprechen?"

Gitty sieht mich an.

„Versprichst du mir, dass du Papa nichts von unserer kleinen Unterhaltung erzählst?", frage ich.

Gitty grinst und nickt schelmisch. „Ich verstehe", flüstert sie geheimnisvoll. „Versprochen!"

Bevor ich die Türklinke meines Zimmers drücke, nimmt mich Gitty nochmal in den Arm und gibt mir einen Kuss auf die Stirn. Glücklich schlüpfe ich in mein Zimmer. Tonne und Luisa schlafen schon tief und fest. So leise wie möglich ziehe ich meinen Schlafanzug an und lege mich mit meinem Kuschelfrosch Fred neben Tonne ins Doppelbett. Das Bett quietscht dabei fürchterlich. Während ich starr wie ein Brett daliege, kreisen meine Gedanken immer noch lebhaft in meinem Kopf herum.

Für den nächsten Tag ist kein Ausflug geplant und so nehmen Tonne, Luisa und ich uns vor, das Gelände des Herrenhauses zu erkunden. Tonne trägt ihre geliebte Stranddecke unter dem Arm, als wir uns im Parkgelände ein schönes Plätzchen suchen.

„Englische Parkanlagen sind echt der Hammer“, kommentiere ich. Auf der gepflegten grünen Rasenfläche stehen die unterschiedlichsten Bäume, die überall für Schatten sorgen. Neben einem riesigen Blumenbeet, in dem exotische Blumen und Kräuter wachsen, breitet Tonne ihre Decke aus und wir machen es uns bequem.

Wir haben unsere Taschen mit Knabbereien und Büchern vollgepackt. Ich hole meine Bibel aus der Tasche und die Fotos, die ich vor ein paar Tagen in einem Supermarkt habe entwickeln lassen. Die Fotos zeigen meine Freundinnen aus dem Internat. Ich beginne, sie mit einer Schere auszuschneiden.

„Was hast du denn vor?“, fragt mich Luisa neugierig.

„Ich werde meine Bibel ein wenig verschönern“, antworte ich. „Bald werden mich meine Freundinnen anlachen, wenn ich sie aufschlage.“

Luisa sieht mich immer noch fragend an und räumt ihr Buch, in das sie gerade noch vertieft war, zur Seite.

„Wenn ich dann darin lese, denke ich immer an euch und kann für euch beten“, erkläre ich.

„Du nimmst das ganz schön ernst, was?“, stellt Luisa fest.

„Ich habe gemerkt, dass es mir hilft zu lesen, was Gott sich für mein Leben gedacht hat. Alles scheint dadurch ein bisschen leichter zu werden“, erwidere ich.

„Glaubst du wirklich, dass Gott sich für dein Leben interessiert?“, fragt Luisa und blickt mich verständnislos an.

„Sonst würde ich mir bestimmt nicht die Mühe machen und hier drin lesen“, sage ich und lege die Hand auf die Bibel. „Darin steht so oft, dass Gott mich kennt und mich unglaublich liebt. Mehr noch: In der Bibel steht, dass Gott mich gemacht hat und er sich wünscht, Zeit mit mir zu verbringen.“ Ich stocke, weil ich merke, wie unklar sich das anhören muss, wenn man noch nicht erlebt hat, dass Gott da ist und einen trägt. „Ich denke, Gott hat für unser Leben einen voll guten Plan und wir können uns entscheiden, ob wir mit ihm gehen oder nicht“, stammle ich weiter.

„Meine Oma hat auch in der Bibel gelesen“, wirft Luisa ein. „Aber sie hat nie darüber geredet. Irgendwie schien es, als wäre das nur eine Sache zwischen ihr und dem da oben.“

„Aber du, Mila, scheinst aus diesem alten Buch so viel mehr zu bekommen“, schaltet sich Tonne, die uns bisher beobachtet hat, in unser Gespräch ein. „Vielleicht wird die Verbindung zu Gott auch immer enger, je mehr Zeit man sich dafür nimmt.“

Ich nicke und höre Tonne weiter zu. „Du nimmst dir Zeit, um in der Bibel zu lesen. Das habe ich auch schon getan. Ich glaube auch, dass Gott mich liebt, aber du bist dir da ganz sicher. Ist vielleicht genauso wie bei uns.“ Tonne zeigt jetzt zuerst auf Luisa und dann auf sich selbst. „Ich wusste zwar, dass du in Ordnung bist, aber ich kannte dich noch nicht. Erst, als du uns deine Geschichte erzählt hast, wusste ich, warum du immer so verschlossen und traurig warst. Und als wir dann zusammen bei diesem verregneten Wetter im stickigen Bus saßen, haben wir gemerkt, wie wunderbar du Dinge beschreiben kannst. Vielleicht ist das auch mit Gott so. Du lernst ihn immer mehr kennen, je mehr Zeit du mit ihm verbringst."

Wieder nicke ich nur und weiß tief in meinem Herzen, dass es ganz genau so ist. So, wie ich eine Freundin immer besser verstehe und kennenlerne, je mehr Zeit ich mit ihr verbringe, ist das auch mit Gott.

„Ich würde mich riesig freuen, wenn das so wäre und wenn ich das glauben könnte", sinniert Luisa vor sich hin. In Gedanken scheint sie ganz weit weg zu sein, daher widme ich mich wieder meinem Bastelprojekt.

Nachdem ich alle Bilder auf meine Bibel geklebt habe, halte ich das Buch mit klebstoffverschmierten Fingern hoch und bin mehr als zufrieden. Viele Gesichter verzieren jetzt den bisher langweiligen braunen Umschlag meiner Bibel.

„Fertig!", sage ich. „So habe ich mir das vorgestellt. Jetzt muss ich nur noch selbsthaftende Folie drüberkleben, dann ist es perfekt."

„Zeig mal her", fordert Tonne. Sie betrachtet mein Kunstwerk und fängt mal wieder an, laut zu quieken. „Das Foto hast du nicht wirklich auf deine Bibel geklebt?!"

„Das ist nicht dein Ernst!", schaltet sich jetzt auch Luisa ein und deutet auf ein Bild, das die beiden zeigt, wie sie durch die Nasenlöcher Schokonüsse angesaugt haben. Sie sehen herrlich dämlich darauf aus.

„Du Verräterin!“, jault Tonne, lässt die Bibel fallen und will sich auf mich stürzen.

Gekonnt werfe ich mich zur Seite, springe auf und sprinte los. Tonne jagt hinter mir her und stürzt sich nach einigen Metern mit einem Hechtsprung auf mich. Wir kullern über den Rasen und quieken und lachen um die Wette.

Nach einer ganzen Weile kehren Tonne und ich japsend zur Decke zurück. Luisa sitzt wie versteinert da und streicht mit ihren Fingern über meine Bibel. Jetzt erst sehe ich, dass ihre Augen ganz feucht sind.

„Was ist los?“, frage ich erstaunt.

„Hier sind so viele Bilder von mir drauf“, stammelt Luisa und ein schönes Lächeln huscht über ihr Gesicht. „Noch vor zwei Wochen hatte ich mir fest vorgenommen, nie wieder jemanden an mein Herz ranzulassen. Jetzt sitze ich mit euch beiden hier, als würden wir uns schon immer kennen. Und auf deiner Bibel, einem Buch das dir echt was wert ist, kleben so viele Bilder von mir.“

Tonne und ich müssen lächeln und nehmen Luisa in unsere Mitte.

„Du bist uns halt ganz schön ans Herz gewachsen, du kleine Heulsuse“, sagt Tonne fröhlich.

Jetzt lacht auch Luisa.

Nach einem kleinen Picknick entschließen wir uns, wieder zum Herrenhaus zurückzugehen. Als wir gerade unseren

Krempel zusammengepackt haben und zurücklaufen wollen, bleibt Tonne plötzlich wie zur Salzsäule erstarrt stehen. Luisa und ich sehen uns fragend um. Tonne starrt mich an. Endlich löst sie sich aus ihrer Versteinerung.

„Kann es sein, dass wir den ganzen Vormittag zusammen auf der Wiese gehockt haben und du uns nichts erzählt hast?“, fragt sie und zieht ihre Augenbrauen seltsam zusammen.

„Was meinst du?“, frage ich etwas verdattert zurück.

„Na, von gestern Abend, du Schlaumeier“, antwortet Tonne auffordernd. „Hast uns beide alleine aufs Zimmer geschickt und bist mit Gitty eine halbe Ewigkeit irgendwo im Haus verschwunden.“

„Ach ja, mein Gespräch mit Gitty“, sage ich und kann mir ein breites Grinsen nicht verkneifen. „Das war sehr interessant.“

„Na, sag schon!“, fordert mich jetzt meine ziemlich ungeduldige Freundin auf. „War an unseren Vermutungen etwas dran?“

„Welche Vermutungen?“, fragt Luisa total verwirrt.

Tonne erzählt ihr kurz, was gestern am Strand vorgefallen ist und auch von unseren Spekulationen, dann blickt sie mich wieder auffordernd an.

„Also zuerst wollte Gitty mir einen Tee kochen …“, fange ich an.

Tonne platzt jetzt fast vor Neugier. „Spann uns nicht auf die Folter, Miss Meisentöter!“, sagt sie streng.

„Na gut“, sage ich. „Nachdem ich total beschränkt getan habe, als hätte ich von nichts eine Ahnung, hat Gitty nach einer halben Stunde Rumgestotter endlich zugegeben, dass sie meinen Papa ganz gut leiden kann.“

„Echt?!“, fragen Tonne und Luisa wie aus der Pistole geschossen.

„Super!“, schnauft Tonne und klopft mir auf die Schulter. „Da hat dein Papa auf jeden Fall die beste internatsinterne Wahl getroffen. Stell dir mal vor, er hätte Frau Mosel in die engere Wahl genommen. Dann wäre der Knall ja schon vorprogrammiert.“

Wir drei müssen lachen.

„Dann gehört Gitty ja jetzt fast zu deiner Familie“, plappert Tonne weiter.

„Bleib mal locker!“, sage ich, als ich merke, wie sich die Ereignisse in Tonnes Kopf überschlagen und die Hochzeitsglocken schon anfangen zu läuten. „Sie sind gerade noch in der Kennenlernphase.“

„Jedenfalls ist Gitty jemand, den man gern in seiner Familie haben möchte“, schaltet sich Luisa ein und zwinkert mir zu.

„Das stimmt!“, sage ich.

Erdnusstörtchen und Bettenchaos

Als wir das Herrenhaus fast erreicht haben, kommen Janine, Vicky und Lissy auf uns zugerannt.

„Ihr könnt euch nicht vorstellen, wo wir heute waren!", plappert Janine los.

„Das ist der schönste Ort, den ich je gesehen habe!", wirft Lissy schnaufend ein.

„Unglaublich!", japst Vicky. „Ein Traumstrand, wie man ihn nur aus dem Fernsehen kennt."

„Holt erst mal Luft", sagt Tonne geduldig, „und dann erzählt bitte alles von Anfang an."

Nachdem die drei sich beruhigt haben, beginnt Janine zu erzählen: „Na wie ihr wisst, wollten wir heute zum Strand vom Herrenhaus und mal so richtig schön chillen. Auf dem Weg dorthin haben wir uns irgendwie total verlaufen und sind nur noch durch die Gegend geirrt."

„Kein Wunder", sagt Tonne. „bei deinem Orientierungssinn."

Janine straft Tonne mit einem bösen Blick und fährt fort: „Nach einer halben Ewigkeit sahen wir plötzlich das Meer, aber bald war uns klar, dass es sich nicht um den Strand handeln kann, den wir gesucht hatten. Wir sind einem schmalen Weg die Steilküste runter gefolgt. Das war ganz schön beschwerlich."

„Janine hatte nur ihre neuen Flipflops an“, wirft Lissy ein. „Damit wurde der Abstieg durch die Felsen natürlich fast unmöglich. Zwischenzeitlich dachte ich, eine Schildkröte in Gummistiefeln wäre den Pfad schneller heruntergekommen als Janine.“

„Ha, ha!“, sagt Janine. „Ich wollte schon aufgeben, weil mir die Kletterpartie echt ein bisschen zu heikel wurde. Die Warnschilder und Rettungsringe, die jetzt an jeder Ecke hingen, machten es uns auch nicht unbedingt leichter. Doch da erhaschten wir einen Blick auf die Bucht und es war klar, dass wir dort auf jeden Fall hinmussten. Von monströsen Felswänden umringt lag dort unten ein wunderschöner weißer Sandstrand vor dem türkisblauen Meer. Unglaublich schön!“

„Das letzte Stück war dann wirklich kniffelig“, erklärt Lissy. „Aber gemeinsam haben wir es geschafft.“

„Gemeinsam!“, lacht Vicky. „Ich habe deinen Po die ganze Zeit abgestützt, sonst wärst du wie ein reifer Apfel den Felsen runtergeplumpst.“

„Wie auch immer“, versucht Janine Vickys Einwurf abzutun. „Da unten war es wunderschön. Wir lagen die meiste Zeit einfach nur da und haben den Wellen zugesehen.“

„Wart ihr gar nicht baden?“, fragt Tonne erstaunt.

„Das war leider so gut wie unmöglich“, erklärt Vicky. „In der Bucht scheint es eine ziemlich starke Strömung zu geben, sodass wir bei unserem ersten Badeversuch total abgetrieben sind und uns nur mit Mühe und Not wieder ans Land kämpfen konnten."

„Mein Badeanzug war danach die reinste Sandkiste", meint Lissy.

„Wow, da müssen wir auch unbedingt hin!", ruft Tonne begeistert. „Ich liebe hohe Wellen!"

„Morgen ist die letzte Möglichkeit", sagt Vicky, „und da wollen wir doch zu diesen blöden Steinkreisen fahren."

„Stimmt", überlegt Tonne. „Übermorgen ist die Woche ja schon rum. Aber ich will unbedingt an den Strand! Vielleicht kann man ja mit unserem Rex reden."

„Das glaube ich nicht", sagt Lissy. „Den Ausflug zu den Steinkreisen wird er nicht für einen Strandbesuch streichen."

Zu sechst gehen wir ins Herrenhaus und ich sehe Tonne an, dass sie das Thema noch nicht abgeschlossen hat. Das Leuchten in ihren Augen verrät, dass sie irgendetwas im Schilde führt.

„Würdet ihr den Weg dorthin wiederfinden?", fragt Tonne Janine besorgt.

„Ja, auf jeden Fall, der ist ganz einfach zu finden", sagt Janine und auch Vicky und Lissy nicken.

Ich würde mich *ja lieber von einem Blinden in der Gegend herumführen lassen als von unseren drei Orientierungsgenies*, denke ich.

Wir betreten den großen Aufenthaltsraum und setzen uns auf ein geblümtes Sofa in die Nähe des Kamins. Um uns herum erzählen sich die anderen Mädchen lautstark von ihren Erlebnissen. Ich sehe mich um, aber Tonne scheint uns verlassen zu haben, zumindest kann ich ihre braunen Locken nirgends entdecken.

„So etwas habt ihr noch nie gegessen!“ Ela ist neben uns aufgetaucht und präsentiert uns ihre neuste kulinarische Entdeckung. „Ich habe mir gleich einen Riesenbeutel von diesen Dingern im Supermarkt gekauft. Dabei ist mein ganzes restliches Taschengeld draufgegangen.“ Sie wedelt mit einer Tüte, die gefüllt ist mit kleinen Törtchen, vor unseren Augen hin und her.

„Was ist denn das?“, fragt Luisa.

„Sie sehen nicht besonders lecker aus, sind aber echt delikat!“, meint Ela und drückt jedem aus der Runde ein Törtchen in die Hand.

„Was ist denn da drin?“, fragt Lissy ein wenig skeptisch und riecht an ihrem Törtchen.

„Eine Erdnussfüllung – hammermäßig, sage ich euch!“ Ela trennt ihr Törtchen aus der Folie und stopft es sich in den Mund.

Wir anderen tun es ihr nach. Die Törtchen sind sehr süß und die Füllung klebt schrecklich an den Zähnen. Nachdem ich eine ganze Weile versucht habe, die klebrige Masse von meinen Zähnen abzubekommen, muss ich grinsen. *Auf so etwas kann wirklich nur Ela stehen.*

„Ich glaube, ich muss mir jetzt erst mal die Zähne putzen“, sage ich und wuchte mich aus dem Sofa.

Luisa begleitet mich, und ein paar Minuten später stehen wir am Waschbecken in unserem Zimmer und versuchen mit unseren Zahnbürsten, die Reste der Erdnussklebemasse aus den Zahnzwischenräumen zu schrubben. „Das war das letzte Mal, dass ich das Zeug gegessen habe", schimpft Luisa mit schaumgefülltem Mund. „Wahrscheinlich hat Ela jetzt wochenlang immer irgendwelche Erdnussmasse an ihren Zähnen kleben."

„Da mach dir mal keine Sorgen", sage ich beschwichtigend. „Ela hat das Zeug wahrscheinlich aufgegessen, noch bevor wir in Deutschland ankommen." Luisa grinst mich an. Wieder einmal wird mir klar, dass ich ein riesiges Glück habe, diese Mädchen, die alle völlig unterschiedlich sind, zu kennen. Egal, ob mit oder ohne Erdnussklebe zwischen den Zähnen.

„Hast du eigentlich einen Plan, wohin Tonne verschwunden ist?", fragt Luisa.

„Keine Ahnung!", sage ich. „Kann mir nur vorstellen, dass sie versucht eine Möglichkeit zu finden, morgen doch noch an diesen zauberhaften Strand zu kommen."

„Hörte sich wirklich verlockend an, was die drei von dem Strand erzählt haben", meint Luisa. „Aber ich glaube, mich würden dort keine zehn Pferde ins Wasser kriegen. Ich habe eine Riesenpanik vor hohen Wellen."

„Ich würde auch nicht ausprobieren wollen, ob ich mich dort über Wasser halten kann. Aber den Strand würde ich schon gerne sehen", erkläre ich und lasse mich auf das quietschende Doppelbett fallen.

„Unfassbar, dass morgen schon der letzte Tag ist."

Luisa setzt sich neben mich und seufzt: „Das kannst du wohl sagen! Hätte nie gedacht, dass es mir hier in England so viel Spaß mit euch machen würde."

„Na danke!", sage ich und ernte dafür einen Stoß in die Rippen. „Ich glaube, der Umgang hier tut dir nicht so gut. Jetzt fängst du auch schon an, gewalttätig zu werden."

Plötzlich reißt jemand unsere Zimmertür auf und Luisa und ich schrecken hoch. Tonne lässt die Tür hinter sich laut ins Schloss fallen und fängt sofort an, loszupoltern: „Sagt mir, dass ich toll bin!" Luisa und ich sehen uns fragend an.

„Ich habe den Rex genau im richtigen Moment erwischt", erzählt sie aufgeregt weiter. „Jedenfalls dürfen wir morgen an den Strand!" Tonne macht eine Pause und lässt sich so schwungvoll zu uns auf das quietschende Bett plumpsen, dass Luisa und ich in die Höhe katapultiert werden.

„Das Bett hat was von einem Trampolin", schnaufe ich.

„Das müsste man mal ausprobieren", sagt Tonne und schubst Luisa und mich kurzerhand vom Bett.

Wir schreien verdutzt auf. Als ich mich wieder aufgerappelt habe und mich auf Tonne stürzen möchte, fängt die an, wie ein Flummi auf unserem Bett zu hüpfen.

„Hör auf damit!", rufe ich so laut ich kann, um das Quietschen zu übertönen.

Aber Tonne schnellt immer höher in die Luft. Ich kann meinen Augen kaum trauen, als die sonst so vernünftige

Luisa zu Tonne auf das Bett springt. Arm in Arm toben sie jetzt auf dem Bett herum. „Hört auf damit!", schreie ich noch lauter. „Das Bett hält das bestimmt nicht aus!"

Nach einer Weile lassen sich Tonne und Luisa kichernd und völlig außer Atem auf das Bett plumpsen.

Ich stehe vor dem Bett und schüttle fassungslos den Kopf. „Da habt ihr aber Glück gehabt. Ich hätte die letzten zwei Nächte nicht auf dem Boden verbracht", sage ich und lasse mich auf die Matratze sacken. In diesem Moment kracht es unter uns und ehe wir irgendetwas tun können, liegen wir drei auf dem Boden, unter uns die zerbrochenen Teile des Bettes. Nach dem Rumms ist es mucksmäuschenstill in unserem Zimmer.

Wir starren einander an und versuchen zu verstehen, was gerade passiert ist.

Tonne ist die Erste, die sich aus der Starre löst: „Auweia!" Dabei verzieht sie ihr Gesicht so komisch, dass ich einfach lauthals zu lachen anfange. Luisa stimmt auch gleich mit ein. Nur Tonne blickt uns irritiert an.

„Du bist einfach zu schwer gewesen", faucht sie mich an.

Ich kann mich immer noch nicht beruhigen und liege mit Luisa winselnd vor Lachen auf der Matratze. „Aua!", stöhne ich vor Lachen.

Da wird unsere Zimmertür aufgerissen. Frau Spießlig steckt ihre große Nase in unser Zimmer und taumelt mit weit aufgerissenen Augen in den Flur zurück. Ihr Gesicht ist von Panik und Ärger verzerrt.

Mich packt das Entsetzen. Ich stehe auf und blicke betreten auf den Boden. Tonne tut es mir nach. Während Frau Spießlig wutentbrannt auf uns zuläuft, merke ich, wie ich anfange zu schwitzen.

Nun bricht ein Wortschwall der Belehrungen über uns herein. Eigentlich verstehe ich gar nicht, was Frau Spießlig uns alles entgegenschleudert. Alles zieht wie ein kalter Wind an mir vorbei, bis Frau Spießlig sich umdreht und die Zimmertür hinter sich ins Schloss fallen lässt.

„Auweia!“, stöhnt Tonne wieder und kratzt sich am Kopf.

Ich sehe auf die Reste des alten englischen Bettes. Da fällt mein Blick auf Luisa, die ziemlich entspannt am Fenster lehnt. Verdutzt mustere ich sie. Über ihr Gesicht huscht ein geheimnisvolles Grinsen.

„Ich habe noch nie in meinem Leben so etwas Verrücktes gemacht“, sagt sie und grinst uns an wie ein Honigkuchenpferd.

„Es war vielleicht auch nicht so eine gute Idee, schließlich ist dabei ein Bett draufgegangen“, murmle ich.

„So viel Spaß hatte ich schon lange nicht mehr“, sagt Luisa immer noch völlig fasziniert.

„Das wird ein teurer Spaß“, meint Tonne zerknirscht und stützt ihren Kopf resigniert in die Hände.

„Da mach ich mir keine Gedanken drum. Eher darum, wer heute in dem einen Bett schlafen darf“, entgegnet Luisa trocken.

Tonne und ich sehen sie entsetzt an.

„Ich glaube, der Umgang mit uns hat dich völlig verdreht“, flüstere ich. „Du bist zu doll gehüpft. Dein Gehirn muss sich erstmal wieder beruhigen.“

„Jetzt macht euch mal keine Sorgen um das Geld!“, meint Luisa so forsch, dass ich erstaunt zu ihr aufblicke. „Meinen Eltern macht es gar nichts aus, das zu ersetzen. Die haben mehr als genug, um mal ein bisschen was für das Bett hier zu bezahlen. Mit ihrem Geld waren sie mir gegenüber schon immer großzügig.“ Luisa macht eine kurze Pause und sagt dann leiser: „Nur nicht mit ihrer Zeit und ihrer Liebe.“ Das Lächeln, das eben noch Luisas Gesicht erfüllt hat, wird von einem traurigen Blick verjagt.

Wenn du wüsstest wie sehr dich der Vater im Himmel liebt!, denke ich und nehme Luisa in den Arm.

„Na, dann stellt sich tatsächlich nur noch die Frage, wer heute Nacht im Bett schlafen darf“, meint Tonne, die sich entspannt zu uns gesellt.

„Das brauchen wir wirklich nicht mehr zu diskutieren“, sage ich schnippisch. „Schließlich seid ihr zwei wie die Affen auf dem Bett herumgehüpft.“

„Aber erst, als du Dickerchen dich hast draufplumpsen lassen, ist es zerbrochen“, entgegnet Tonne neunmalklug.

In mir steigt die Wut hoch.

Schnell sagt Tonne: „War nur ein Scherz! Dir gehört das Bett!“

Am frühen Abend, nach einigen hitzigen Telefonaten zwischen Frau Spießlig und Luisas Eltern, scheinen die Wogen erst einmal geglättet. Tatsächlich erklären sich Luisas Eltern sofort bereit, für den Schaden aufzukommen. Die Reste des Doppelbettes werden aus unserem Zimmer entfernt und nach einer Weile ist Frau Spießlig wieder imstande, es ein paar Minuten in unserer Nähe auszuhalten, ohne laut zu stöhnen.

„Kommt bloß nicht auf den Gedanken, euch als nächstes an den Vorhängen hin und her zu schwingen", knurrt sie und mustert uns mit ihrem strengen Erzieherblick.

„Das ist eine faszinierende Idee", jauchzt Tonne.

„Wehe!", keucht Frau Spießlig und verlässt unser Zimmer.

„Mal sehen, wie wir heute Nacht schlafen", meint Luisa und lässt sich auf eine der beiden Matratzen fallen, die jetzt auf dem Boden liegen.

„Bestimmt gut", sagt Tonne. „Auf jeden Fall bleibt uns das jämmerliche Quietschen erspart. Hätte ich das gewusst, wäre ich schon eher auf dem Bett herumgehüpft."

Für das Abendessen ist im Speisesaal ein riesiges Büfett mit englischen Speisen aufgebaut. Herrliche Düfte erfüllen den Raum.

„Wow!", sage ich, als ich mich setze und mein Blick wie magnetisiert an den vielen Speisen hängen bleibt. Neben Fleisch im Teigmantel, das man in England Pie nennt, gibt es jede Menge Pommes, Fisch und Ei in allen Variationen.

Außerdem Bohnen, gegrillte Champions, verschiedene Suppen und Berge mit Kuchen und Pudding. „Hätte ich das gewusst, hätte ich auf das Mittagessen verzichtet."

„Mir läuft gleich das Wasser aus den Mundwinkeln", murmelt Ela, die sich neben mich plumpsen lässt. „Ich glaube, ihr könnt morgen ohne mich nach Hause fahren, ich bleibe hier."

„Kommt gar nicht in Frage", rufe ich. „Was sollten wir auf Wolkenstein denn ohne dich anfangen?!"

Ela sieht mich begeistert an. „Na gut. Ich kann mir ja etwas für zu Hause einpacken lassen." Sie zwinkert mir zu.

In dem Moment erhebt sich Frau Spießlig und es wird still im Saal. „Meine Damen, bevor wir gleich für dieses herrliche Essen danken, möchte ich noch einen kleinen Hinweis loswerden." Frau Spießlig räuspert sich. „Tatsächlich haben heute ein paar Mädchen, deren Namen ich in dieser Runde nicht nennen möchte, ein Bett des Hauses auf wildeste Art und Weise zerstört." Ihr Blick wandert zielstrebig zu Tonne, Luisa und mir. Alle anderen Mädchen blicken fragend zu uns herüber und einige beginnen zu tuscheln.

Frau Spießlig fährt fort: „Auch wenn ihr euch vielleicht fragt, wer so etwas hätte tun können, haben wir uns als Fach- und Lehrpersonal darüber verständigt, keine Namen preiszugeben."

„Ha, ha, ha, dass ich nicht lache!", flüstert mir Tonne ins Ohr. „Jetzt wissen doch eh alle, dass wir es waren."

In diesem Moment schiebt unser Rex seinen Stuhl nach hinten und beginnt: „Was Frau Spießlig sagen wollte, war, dass ihr bitte bedenkt, dass die Möbel, die auf euren Zimmern stehen, schon viele Jahre auf dem Buckel haben und deswegen nicht mehr so belastbar sind. Geht also dementsprechend vorsichtig mit ihnen um und genießt die letzten Stunden hier, ohne noch andere Dinge in Mitleidenschaft zu ziehen. Ich glaube, mehr Worte muss man über diese Angelegenheit nicht verlieren.“ Dabei nickt er Frau Spießlig auffordernd zu. „Gut! Dann danke ich noch für das Essen.“

Nach dem kurzen Gebet blicke ich zu unserem Rex. Er lächelt mir zu und ich bin ihm irre dankbar für seine Solidarität.

Als das Essen beendet ist, beschließen Tonne und Luisa, einen Verdauungsspaziergang zu machen. Ich verabschiede mich von den beiden und verziehe mich auf unser Zimmer, da ich noch in meiner Bibel lesen möchte. Im Zimmer angekommen, werfe ich mich auf das jetzt einzige Bett und atme tief durch. Das Essen liegt mir so schwer im Magen, dass ich mich fühle wie der böse Wolf im Märchen.

Dann schnappe ich mir meine buntbeklebte Bibel und kann mir ein Lächeln nicht verkneifen, weil mich vom Buchdeckel aus Luisa und Tonne mit Schokonüssen in den Nasenlöchern anschauen. Ich streiche über das Bild und bedanke mich bei Gott für die beiden Freundinnen. Ich schlage die Bibel auf und lese die spannende Geschichte von David.

David hatte mit so vielen Problemen zu kämpfen, denke ich zwischendurch. *Wie konnte er immer noch glauben, dass*

Gott einen guten Plan für sein Leben hatte? Ich starre auf die geblümte Bettdecke. „Ja!“, sage ich jetzt so laut in die Stille, dass ich mich fast erschrecke. „Ich will dir auch vertrauen, Gott, dass du für mein Leben und das meiner Familie den besten Plan hast, den es gibt!“

Ich gehe ans Fenster und blicke auf das herrliche Parkgelände, das in der Abenddämmerung vor mir liegt. „Ich werde dich ganz schön vermissen, England“, flüstere ich in die Stille.

Gleichzeitig fühlt es sich so an, als würde ich vor Vorfreude auf zu Hause platzen. Ich freue mich riesig auf meinen Papa und meine Omi. Außerdem bin ich irre gespannt, wie Papa versuchen wird, mir seine Beziehung zu Gitty zu erklären. Und dann ist da ja noch der Brief von meiner Mutter, den ich zu Hause öffnen möchte.

Glücklich schlüpfe ich in meinen Schlafanzug und kuschle mich dann schnell zurück ins Bett. Ich blicke auf die Matratzen, die vor mir auf dem Boden liegen und kann mir ein freches: „Ätsch, ich darf im Bett schlafen!“, nicht verkneifen. Dann übermannt mich ein tiefer Schlaf.

Als ich eilig für das Frühstück zum Speisesaal laufe, tummeln sich vor dessen verschlossener Tür bereits viele Mädchen. Ich wundere mich darüber, denn es ist schon längst Frühstückszeit.

„Was ist denn hier los?“, höre ich die Stimme von Tonne, die auf einmal hinter mir steht.

„Sie lässt keinen in den Speisesaal!“, ruft Ela hysterisch zu uns rüber.

„Wer?“, fragen wir gleichzeitig, doch unsere Frage wird durch das wilde Gebrüll von Frau Spießlig verschluckt, die aus dem Speisesaal stürmt. Über Nacht ist sie irgendwie auf doppelte Größe angewachsen. Zornig blickt sie auf uns herab und ihre Augen leuchten dabei unheimlich grün.

„Ich brauche etwas zu essen!“, ruft Ela mit zittriger Stimme und ihr Magen knurrt so laut, dass wir uns alle die Ohren zuhalten müssen.

Da erschallt wieder die schreckliche Stimme von Frau Spießlig: „Wer will versuchen, an mir vorbeizukommen? Ihr ungezogenen Gören?“

Als Frau Spießlig anfängt, eine große Gurke über ihren Kopf zu schwingen, halten sich alle vor Angst die Hände vor das Gesicht. Einige Mädchen fangen eingeschüchtert an zu schreien.

„Lasst mich mal durch“, höre ich da eine zarte Stimme hinter mir. Ich drehe mich um und sehe Luisa an mir vorüberhuschen.

„Du bleibst hier!“, sagt Tonne und versucht Luisa aufzuhalten, doch die schiebt sich mutig durch die Menge. Schon steht sie ganz vorne.

„Du?!“, kreischt da Frau Spießlig, sodass es mir kalt den Rücken runterläuft.

Luisa nimmt ganz ruhig ein Erdnusstörtchen aus ihrer Hosentasche und wirft es mit einer schwungvollen Bewegung direkt in Frau Spießligs Mund. Der fällt vor Schreck die Gurke aus der Hand. Ein weiteres Törtchen trifft sie am rechten Auge, das daraufhin völlig mit Erdnusscreme verklebt.

„So etwas Ekelhaftes", jammert Frau Spießlig und versucht verzweifelt, sich von dem schmierigen Zeug zu befreien. Sie rennt durch den Flur davon und alle Mädchen laufen jubelnd zum Frühstücksbüfett.

Luisa grinst: „Da waren die Erdnusstörtchen doch noch zu etwas zu gebrauchen." Sie nimmt Tonne und mich in den Arm und wir schweben über die weiche Teppichwiese, die sich jetzt nach allen Seiten erstreckt.

„Hey, du Schlafmütze!", klingt eine Stimme erst leise, dann immer lauter an mein Ohr und die grüne Teppichwiese verschwimmt.

„Mann, Mila, was ist denn heute mit dir los?", höre ich Tonne rufen.

Ich öffne meine Augen und finde mich in meinem Blümchenbettzeug wieder. Die Sonne scheint durch die Vorhänge. „Puh!", stöhne ich und wische mir den Schweiß von der Stirn. „Du glaubst nicht, was ich geträumt habe. Luisa hat Frau Spießlig mit Elas Erdnusstörtchen unschädlich gemacht."

„Mit Elas Erdnusstörtchen?" Tonne schüttelt den Kopf und ich komme mir ziemlich dämlich vor. „Ich glaube, du hast zu lange geschlafen."

Der Rex in Gefahr

Nachdem wir unser vorletztes englisches Frühstück ausgiebig genossen haben, und das mit einer ganz harmlos wirkenden Frau Spießlig, machen wir drei uns mit ein paar anderen Mädchen auf den Weg zu dem zauberhaften Strand. Während Frau Spießlig mit dem Rest der Gruppe einen Einkaufsbummel macht, begleiten uns der Rex und Gitty. Angeführt werden wir von den Orientierungsgenies Janine, Vicky und Lissy. Nach einem längeren Spaziergang erreichen wir die Klippen.

„Wo ging es noch mal runter?“, fragt Janine ihre beiden Gehilfinnen. Doch die schauen planlos aus der Wäsche.

„Wir sehen uns hier mal um“, sagt Janine und die drei machen sich in die unterschiedlichsten Richtungen auf, um den Abstieg zu suchen.

„Hoffentlich finden die drei die Bucht wieder“, grummelt Tonne.

„Hoffentlich wissen sie gleich noch, wo sie uns abgestellt haben“, schnauft Luisa.

„Wird schon“, sage ich beruhigend.

„Möchte noch jemand eines von den leckeren Erdnusstörtchen?“, fragt Ela und hält uns eine Handvoll hin.

„Nein, danke!“, antworten wir wie auf Kommando.

„Erinnere Mila bloß nicht an die Dinger – sie leidet schon unter Erdnusstörtchenalbträumen“, meint Tonne und grinst mich an.

„Schön, dass du alles ausplaudern musst, was ich dir anvertraue!“, sage ich schmollend.

„Sieht fast so aus, als hätten unsere drei Pfadfinder den Weg zur Bucht endlich gefunden“, unterbricht uns Luisa und deutet auf Janine, die in einiger Entfernung an der Klippe steht und wie wild mit den Armen in der Luft fuchtelt.

„Na dann, hoffen wir mal das Beste“, stöhnt unser Rex. Er wischt sich den Schweiß von der Stirn und geht mit flinken Schritten auf die Klippe zu.

Wenig später betreten wir nacheinander einen kleinen Trampelpfad, der sich in Serpentinen den Felsen runterschlängelt.

„Alle gehen hintereinander und seid bitte vorsichtig!“, mahnt der Rex.

Steil fällt der Fels rechts von uns ab.

„Ich gehe keinen Schritt weiter“, röchelt Gitty nach kurzer Zeit. Trotz ihrer wilden Sommersprossen ist sie kreidebleich. „Ich warte hier auf euch!“, schnauft sie ziemlich kurzatmig und setzt sich auf einen Felsvorsprung.

„Soll ich bei dir bleiben?“, frage ich sie, doch Gitty schüttelt den Kopf.

„Geh ruhig! Hier halt ich es alleine aus. Aber pass bloß auf dich auf, Mila!“ In ihren Augen schimmert eine Wärme, die mich froh macht.

Grinsend ziehe ich hinter den anderen her und versuche, mich auf jeden Schritt zu konzentrieren. *Und hier ist Janine mit Flipflops runter? Das ist doch so gut wie unmöglich,* wundere ich mich. Ich bleibe kurz stehen, um die zerklüftete Felsenküste unter mir zu bestaunen. Die Felsen liegen wild durcheinander, als wären sie mit einer riesigen Schere auseinandergeschnitten worden. Schnell laufe ich weiter, um die anderen Mädchen einzuholen, die jetzt schon hinter der nächsten Felswand verschwunden sind. Unter mir kracht das Meer wild gegen die Felsen und ich frage mich, wo es hier einen Strand geben soll.

Als ich um die nächste Biegung steuere, bleibt mir die Spucke weg. Mein Blick gleitet über eine Bucht, in die meterhohe Wellen krachen. Wie einsame Wächter stehen schroffe Felsen um einen weißen Sandstrand. Ich reibe mir die Augen.

„Hey, Mila, wo bleibst du?“ Tonnes Stimme reißt mich aus meinem Staunen. „Komm schon!“, drängelt sie.

Schnell laufe ich zu ihr. Die anderen Mädchen sind stehen geblieben und beobachten mit weit aufgerissenen Augen unseren Rex, der sich für das letzte Stück auf eine waghalsige Kletterpartie runter zur Bucht begeben hat.

„Eines könnt ihr wissen“, stöhnt er, „wenn ich hier nicht runterkomme, dann geht keine von euch runter.“ Er schnauft und wischt sich die Schweißperlen von der Stirn. Langsam versucht er, sich an den schroffen Felsen runterzuhangeln.

„Sieht aus, als wollte sich ein Walross abseilen“, kichert Tonne und erntet dafür von Luisa und mir strafende Blicke. „Ich meine, ein schrecklich nettes Walross“, sagt Tonne entschuldigend.

Als sich der Rex nach einer gefühlten Ewigkeit bis auf zwei Meter zur Bucht runtergearbeitet hat, passiert das Unvermeidliche: Während er Halt mit seinem linken Fuß an der Felswand sucht, rutscht er aus und stürzt in den Sand. Wir halten vor Schreck den Atem an und drängen uns ganz nah an den Abgrund. Zuerst regt sich nichts, doch dann rappelt der Rex sich auf und winkt uns zu, als wäre nichts passiert.

„So hat er sich die nächste halbe Stunde Klettern erspart“, sagt Janine.

„Was hast du gesagt?“, schreie ich ihr zu, weil das Getöse der Wellen, die in die Bucht krachen, jetzt so laut ist, dass man sich kaum noch versteht.

„Haben Zeit gespart“, brüllt Janine und deutet auf unseren Schulleiter. „Sonst hätte er noch drei weitere Stunden gebraucht.“

„Dann seid ihr jetzt dran“, schreit der Rex von unten und winkt mit beiden Armen.

Brav steigen wir hinunter, manche mehr und andere weniger elegant.

Als alle unten auf dem Sand stehen, atmet der Rex erleichtert auf: „Das wäre fürs Erste geschafft! Mal sehen, ob wir hier heute übernachten müssen oder ob wir den Aufstieg schaffen.“

„Na dann, ab ins Wasser!“, schreit Tonne und will gerade losstürzen, als sie von unserem Rex schroff am Arm festgehalten wird. Verdutzt sieht sie in sein rundes Gesicht.

„Damit eines feststeht“, brüllt er in die Runde, um das Rauschen der Wellen zu übertönen. „Ich trage die Verantwortung für euch und daher geht keine ohne meine Erlaubnis in diese Wellen. Ich werde gleich mal die Lage checken und dann werden wir sehen, ob ihr überhaupt einen Fuß in das Wasser setzen dürft."

Tonne fällt die Kinnlade runter. Aber sie nickt verstehend.

„Wir suchen uns jetzt ein Plätzchen, an dem man sich einigermaßen verstehen kann", brüllt der Rex und stapft los.

Große Wellen werfen sich immer wieder an den Strand und hinterlassen ein riesiges Schaumbad.

„Da setze ich keinen Fuß rein", murmle ich, was jedoch keiner verstehen kann, weil es so laut um uns ist.

Hinter einem Felsvorsprung öffnet sich eine kleine geschützte Sandfläche. Dort lassen wir uns neben zwei Männern nieder. „Habt ihr die gesehen?", fragt Janine und deutet mit leuchtenden Augen auf die beiden. „Einen so durchtrainierten Körper sieht man sonst nur in der Werbung." Sie streicht sich ihre dunklen Haare aus dem Gesicht.

Die beiden Männer nicken uns lächelnd zu, als sie bemerken, dass wir in ihre Richtung starren.

„Die haben mich angelächelt", seufzt Janine, legt ihre Hand auf ihr Herz und läuft rot an.

„Puh, wird das schlimmer mit dir?" Tonne verdreht die Augen.

Ich blicke zum Meer und beobachte die schäumenden Wellen. „Man könnte denken, gleich spülen uns die Wellen einfach davon", hauche ich.

„So stelle ich es mir vor, wenn ein Tsunami auf einen zurollt“, sagt Luisa und blickt ängstlich auf den Schaumteppich am Strand.

„Ich werde das Wasser jetzt testen“, höre ich da die entschlossene Stimme unseres Rex hinter mir.

Er trägt jetzt eine grün-rot gestreifte Badehose. Wir alle müssen kichern, weil es wegen seiner schneeweißen Beine so aussieht, als hätte er eine Strumpfhose unter seiner Badehose an. Er sieht uns durch seine Hornbrille strafend an und geht dann mit strammen Schritten in Richtung Wasser.

„Das sind Muskeln“, blödelt Ela herum und stupst Janine an, die ihre Augen immer noch nicht von den beiden Muskelkerlen losreißen kann.

Der Rex ist mittlerweile am Wasser angekommen, blickt sich noch einmal zu uns um, dann geht er ein paar Schritte den Wellen entgegen. Wir alle sehen gebannt in seine Richtung. Gerade noch stand er nur bis zu den Knöcheln im Wasser, da umspült ihn plötzlich eine Schaumwelle bis zur Brust. Wir hören ihn etwas rufen, dann ist er verschwunden.

„Wo ist er hin?“, schreie ich.

Mittlerweile sind alle aufgesprungen, um irgendetwas in dem wilden Wasser erkennen zu können.

„Da hinten“, schreit Tonne und zeigt nach rechts auf einen schwarzen Fleck, der zwischen den Wellen immer wieder zum Vorschein kommt.

„Das kann doch nicht sein“, stöhne ich. „Er war doch gerade noch hier vorne!“

Wir rennen näher an das Wasser und starren in die meterhohen Wellen, die unseren Rex immer wieder überspülen und vom Strand wegziehen. Dann hören wir durch das Getöse der Wellen seine verzweifelten Hilfeschreie. Mir läuft ein eisiger Schauer den Rücken hinab. Einige der Mädchen kreischen vor Angst. Inzwischen schlägt der Rex wild mit den Armen um sich, als würde er mit einem Ungeheuer kämpfen.

Durch unser Gekreische sind die beiden Männer auf uns aufmerksam geworden. Sie rennen ans Wasser und stürzen sich in die Wellen.

„Au Backe, nicht die auch noch", jault Janine auf und krallt sich ihre Hände in die Haare.

Die zwei Männer entfernen sich schnell vom Strand, während die Wellen immer wieder über sie schlagen.

„Ich kann da nicht hinsehen!", sage ich und halte mir die Hände vor die Augen. Zitternd setze ich mich in den Sand.

Luisa lässt sich neben mir in den Sand fallen. „Gott da oben im Himmel, bitte tu was!", jammert sie.

Plötzlich schreit Tonne: „Da, sie kommen näher!"

Ich richte mich auf. Tatsächlich! Die beiden Männer haben den Rex zwischen sich genommen und bewegen sich auf den Strand zu. Ich halte den Atem an. Mein Herz hämmert, als würde es gleich zerspringen.

Dann, nachdem wieder eine Welle den Strand in ein Schaumbad verwandelt hat, werfen sich die drei Männer in den Sand. Die beiden Muskelpakete packen unseren Rex unter den Armen und schleppen ihn zu uns. Wir brechen in tosenden Beifall aus.

„Er ist weiß wie eine Wand", jammert Luisa.

Ich schlucke heftig und wische mir eine Träne aus dem Augenwinkel.

In dem Moment fängt unser Rex wie wild an zu husten und spukt Wasser aus. Die beiden Männer bringen ihn zu seinem Handtuch und nun sehe ich erst die blutigen Stellen an seinen Armen und Beinen. Einer der Männer legt dem Rex eine Wolldecke um, während der andere wild gestikulierend auf Englisch auf unseren Schulleiter einredet. Der sitzt zitternd da und nickt verständig. Wir Mädchen stehen im Kreis um die Männer und blicken den Rex mitleidig an.

Kurze Zeit später gehen die beiden Männer zurück zu ihrer Decke. Da sehe ich, dass hinter ihnen, ein bisschen versteckt am Felsen, mehrere gelbe Warnwesten und ein kleines motorisiertes Schlauchboot lehnen.

„Die hübschen Kerle sind Lebensretter!", seufzt Janine, die scheinbar dieselbe Entdeckung wie ich gemacht hat.

Unser Rex sitzt immer noch schnaufend und bibbernd auf seinem Handtuch.

„Ich glaube, Sie können etwas zu trinken vertragen", sagt Tonne fürsorglich und hält ihm eine Flasche Wasser entgegen.

Der Rex nimmt einen Schluck und langsam kommt wieder Farbe in sein Gesicht.

„Wenn ich einen von euch auch nur mit der Zehenspitze im Wasser erwische, dann …“, krächzt er heiser in die Runde.

Wir alle nicken. Irgendwie fühlen wir uns mitschuldig an dem, was unser Rex gerade durchgemacht hat.

Nur Janine kann sich ein „Ach schade, ich hätte mich so gern von diesen hübschen Kerlen retten lassen“ nicht verkneifen.

Da richtet sich der Rex direkt an Janine: „Wie konntet ihr gestern nur allein ins Wasser gehen? Das war wirklich lebensgefährlich!“

Janine sackt in sich zusammen und erwidert kleinlaut: „Gestern waren die Wellen, glaube ich, nicht so hoch.“

Der Rex stützt seinen Kopf in die Hände und sagt: „Ihr könnt euch gar nicht vorstellen, wie gefährlich die Unterströmung ist. Ich dachte, mein letztes Stündlein hätte geschlagen.“

Wir nicken.

„Aber es ist ja noch mal gut gegangen dank der netten Strandwache. Nur meine Brille ist dummerweise weg und wir müssen uns überlegen, wie ihr mich über den schmalen Pfad nach Hause bekommt. Leider bin ich ohne Brille blind wie ein Maulwurf.“

„Ich kann Sie ja huckepack nehmen“, schlägt Ela vor.

„Ich glaube, das schaffst selbst du nicht“, entgegnet Tonne. „Aber wir können Sie lotsen. Einer geht vor Ihnen her und ein anderer passt hinten auf.“

Es folgen noch die verschiedensten Vorschläge und schließlich packen wir unsere Sachen zusammen und laufen bis zu dem Felsvorsprung, über den wir vorhin an den Strand gelangt sind.

„Jetzt könnte es ein wenig knifflig werden", meint Janine und mustert unseren Rex von oben bis unten, was der zum Glück nicht sehen kann.

„Ein paar von uns klettern voraus, dann binden wir unsere Handtücher zu einem Seil zusammen, um ihn von oben sichern zu können", ordnet Tonne an.

Janine, Vicky, Luisa und Ela klettern den Felsvorsprung rauf. Dann lassen sie ein Seil aus Handtüchern wie bei einem Gefängnisausbruch nach unten und Tonne bindet das eine Ende um den Bauch des Rex. „Das müsste halten", meint sie.

Nach kurzer Zeit dirigieren wir unseren Rex von unten den Felsvorsprung hoch, während die anderen Mädchen von oben kräftig am Seil ziehen. Unbeschadet schafft es der Rex nach oben und wir atmen alle erleichtert auf.

„So, jetzt kommt der leichtere Teil", ruft Tonne, als wir alle oben auf dem Felsvorsprung stehen. „Sie stützen sich auf Elas Schultern und wir gehen langsam den Trampelpfad entlang. Da Sie sowieso nichts sehen, können Sie ganz entspannt hinter Ela herlaufen."

Gesagt, getan. Wie eine kleine Prozession wandern wir im Gänsemarsch über den schmalen Pfad an der Klippe entlang. Nach einer Weile erreichen wir den Platz, an dem sich Gitty niedergelassen hat. Als sie uns sieht, springt sie sofort auf.

„Was ist denn mit Ihnen passiert?“, fragt sie erschrocken.

Der Rex erzählt ihr schnell vom Vorfall am Strand und erklärt das Fehlen seiner Brille. Gitty wird bleich und der Rex muss sie ermutigen, mit uns weiterzugehen.

Nachdem wir alle wieder heil auf dem befestigten Weg angekommen sind, merkt man, wie die Anspannung von allen abfällt. Der Rex hakt sich für das letzte Stück bei Gitty ein, die ihn immer wieder besorgt von der Seite mustert.

„Das hätte auch ganz anders ausgehen können“, schnauft Tonne. „Stellt euch mal vor, die Strandwache wäre nicht da gewesen … Ich hätte mir mein Leben lang Vorwürfe gemacht, weil schließlich ich diejenige war, die unbedingt ins Wasser wollte.“

„Ich habe uns schon alle auf der Beerdigung des Rex gesehen“, schluchzt Luisa und wischt sich eine Träne aus dem Gesicht. „Ich konnte vorhin gar nicht anders, als zu Gott beten und als ich das getan hatte, wurde ich ruhiger. Es hat sich seltsam und unpassend angefühlt, aber irgendwie hatte ich das Gefühl, dass Gott mir sagt, er passt auf.“

„Genau das ist es, was man so schlecht erklären kann, wenn jemand fragt, wie man Gott spüren kann“, sage ich. „Es fühlt sich an wie ein Wunder und man weiß ganz genau, dass es keine Einbildung ist.“

„Ich bin noch immer völlig geschockt“, sagt Luisa ehrfurchtsvoll. „Warum sollte der riesige Gott da oben auf mein Gebet reagieren? Dass er auf deine Gebete antwortet, ist mir völlig klar, aber ich habe noch nie in der Bibel gelesen …“ Luisa bleibt stehen und blickt mich fragend an.

„Er antwortet dir, weil er dich liebt“, erkläre ich. „Meinst du, dass ich ihm wichtiger bin als du, nur weil ich mehr Zeit damit verbringe, ihn besser kennenzulernen?“

In Luisas Augen sammeln sich wieder Tränen, aber sie lächelt.

„Ich glaube, ich werde mich auf die Suche machen, um noch mehr Antworten auf meine Fragen zu bekommen“, sagt sie.

„Das ist das Beste, was du tun kannst“, freue ich mich.

Gemeinsam laufen wir hinter den anderen zurück zum Herrenhaus.

Goodbye, England

„So, meine Damen, in einer halben Stunde möchte ich euch alle am Bus sehen. Wer seine Sachen noch nicht komplett gepackt hat, muss sich sputen“, tönt der Rex am nächsten Tag beim Mittagessen.

Wir alle stürmen aus dem Speisesaal, um die letzten Dinge in unsere Taschen zu stopfen. Bevor ich meine bunt beklebte Bibel in meine Tasche stopfe, schlage ich sie nochmal kurz auf und lese eine Stelle, die mir ins Auge springt: „Er heilt gebrochene Herzen und verbindet Wunden. Er zählt die Sterne und nennt jeden einzelnen beim Namen. Unser Herr ist groß und seine Macht ist gewaltig!“

„Ich kann gar nicht fassen, dass die Zeit in England schon wieder rum ist“, reißt mich Tonne aus den Gedanken und ich stopfe die Bibel noch oben in meine Tasche.

„Hhm“, stimme ich zu. „Und wie viel wir erlebt haben: Wir haben Luisa aus ihrem Schneckenhaus geholt, der Rex sieht zwar um einiges verbeulter, aber dafür glücklicher als vor der Fahrt aus, und ich habe herausgefunden, dass etwas zwischen Gitty und meinem Papa läuft.“

Tonne sieht mich mit durchdringendem Blick an. „Ich wollte dich eigentlich schon die ganze Zeit fragen, aber ich dachte, du erzählst es mir von selbst“, beginnt sie nun etwas zögernd. „Jetzt sind wir tatsächlich mal allein. Willst du mir nicht sagen, was es mit dem Brief auf sich hat, den du ständig mit dir rumgetragen hast?“

Ich schlucke. Dann erkläre ich kurz, dass der Brief von meiner verloren geglaubten Mutter ist und ich mich nach einigem Hin und Her dazu entschlossen habe, ihn erst zu Hause aufzumachen, damit ich notfalls mit meinem Papa darüber reden kann. „Ich erzähl dir alles, wenn ich ihn gelesen habe", schließe ich.

An Tonnes Miene kann ich ablesen, dass sie zwar Fragen ohne Ende hat, aber dass sie versteht, warum ich jetzt noch nicht wirklich über die Sache reden möchte.

Da wird unsere Zimmertür aufgerissen und Ela stürmt herein. Völlig aus der Puste schnauft sie: „Ihr könnt euch nicht vorstellen, wie sauer Frau Spießlig ist, dass ihr zwei wieder zu spät dran seid. Wenn ihr nicht sofort kommt, wird sie euch in der Luft zerreißen."

„Oh!", stöhnen Tonne und ich und schnappen unsere Sachen. Als wir beim Bus ankommen, werden wir mit bösen Blicken von Frau Spießlig in Empfang genommen.

„Es tut uns schrecklich leid", stottere ich nur.

Nachdem wir unsere Koffer im Reisebus verstaut haben, steigen wir ein und werden mit einem tosenden Applaus von den Insassen begrüßt.

Tonne sieht mich mit einem breiten Grinsen an und sagt: „Na, wenn das so ist, dann werde ich auch weiterhin zu spät kommen."

Ich schüttle meinen Kopf und lasse mich auf einen der Sitze plumpsen. Hektisch schlucke ich eine Reisetablette runter, die ich gestern Abend noch von Gitty bekommen habe. So eine Katastrophe wie auf der Hinfahrt möchte ich nicht noch einmal erleben.

Vorne im Gang hat sich der Rex mit dem Mikrofon in der Hand aufgebaut.

„Er sieht zum Schießen aus mit seiner Ersatzbrille“, tuschelt mir Janine von hinten amüsiert zu. Ich muss grinsen.

„Nachdem nun alle endlich da sind“, sagt der Rex, „werden wir uns bald vom schönen England verabschieden müssen. Wir werden heute Nacht die Fähre nehmen und aufs Festland übersetzen. Morgen Vormittag erreichen wir voraussichtlich unser geliebtes Gut Wolkenstein. Vielleicht geben wir unserem Busfahrer jetzt schon mal einen kleinen Applaus für seine Schufterei in der kommenden Nacht.“

Zögernd stimmen alle in einen Applaus ein.

„Ich fühle mich, als wären wir mit einer Horde alter Leute auf einer Kaffeefahrt“, kommentiert Tonne genervt.

Dann setzt sich der Bus in Bewegung und nach einigen Stunden übermannt mich ein tiefer Schlaf und ich bereise im Traum die Orte, die wir in der letzten Woche bestaunen konnten.

„Wie kann man so tief schlafen?“, höre ich Tonne aus weiter Entfernung fragen. Dann wird unsanft an mir herumgezerrt und ich öffne meine Augen widerwillig.

„Na endlich!“, schnauft Tonne und sieht mich ungläubig an. „Was war das in Penzance für eine Tablette, die du genommen hast?“

„Äh, Tablette? Penzance? Wo bin ich?“, frage ich konfus zurück.

„Wir müssen aus dem Bus“, sagt Tonne bestimmt. „Die anderen sind schon alle oben auf dem Passagierdeck.“

„Oh“, bekomme ich zustande und versuche nach den wichtigsten Sachen zu greifen, bevor Tonne mich hinter sich her schleift.

„Ich habe gar nichts mehr mitbekommen“, stottere ich.

Tonne schaut mich ein wenig mitleidig an. „Das habe ich gemerkt“, meint sie, während sie vor mir die Metallstufen hochstapft, die zum Passagierdeck führen. „Am besten, wir suchen uns gleich ein Plätzchen, an dem wir es uns gemütlich machen können.“

Wir treten durch eine schwere Tür in den hell erleuchteten Speisesaal des Schiffs.

„Ich glaube, ich wäre doch für frische Luft“, sage ich ein wenig panisch, weil ich mich gerade lebhaft an die Überfahrt nach England erinnere.

„An Deck ist es nachts aber bestimmt eiskalt“, vermutet Tonne.

„Ich glaube, es ist trotzdem besser“, beharre ich kleinlaut.

Tonne nickt und wir verlassen den Speisesaal wieder.

Nachdem wir einige Gänge entlanggestolpert sind und uns über mehrere Treppen nach oben gekämpft haben, stehen wir ganz oben an Deck und blicken über die Reling zu den Lichtern des Hafens, den das Schiff langsam hinter sich lässt. Die Sterne stehen hell über uns am Himmel und der volle Mond wirft ein zauberhaftes Glitzern auf das wellige Wasser.

„Wow!“, staunt Tonne. „Einen wundervolleren Ort hätten wir auf der ganzen Fähre nicht finden können. So viele Sterne habe ich noch nie in meinem Leben gesehen.“

Während das Schiff brummend über die kleinen Wellen gleitet, flattern unsere Haare in dem kühlen Wind, der über das Deck pfeift. Ich atme die frische Meeresluft tief ein. Tonne reckt ihren Hals so weit sie kann nach oben. Auch ich blicke nach oben und bestaune die funkelnden Lichter über uns.

„Kannst du dir vorstellen, dass irgendjemand die alle kennt?“, fragt Tonne und schaut mich mit funkelnden Augen an.

„Das ist schwer zu glauben“, antworte ich. „Es sind einfach zu viele. Ich denke nicht, dass ein Mensch sie überhaupt nur zählen kann.“

„Man entdeckt auch immer wieder Neue“, meint Tonne, die jetzt auf einen Fleck am Himmel zeigt. „Zum Beispiel die Sterne da drüben konnte ich eben noch nicht sehen.“

Ich verenge meine Augen zu Schlitzen, um die kleinen leuchtenden Punkte besser erkennen zu können. Dann sage ich: „Ich habe gerade heute Morgen in der Bibel gelesen, dass Gott die Zahl der Sterne kennt und dass er jedem einen Namen gegeben hat. ‚Unser Herr ist groß und gewaltig!‘ stand da.“

„Das muss er wirklich sein!“, sagt Tonne nachdenklich und legt ihren Arm um meine Schulter.

Keine Ahnung, wie lange wir beide, an das kühle Metallgeländer gelehnt, schweigend dastehen und in den Himmel blicken. Die Lichter des Hafens sind schon lange vom schwarzen Ozean verschluckt worden. Erst als eine schrille Durchsage über das Deck tönt, erinnere ich mich wieder, wo wir sind: „In wenigen Minuten erreichen wir den Hafen. Machen Sie sich bitte bereit, die Fahrzeuge zu besteigen, damit allen eine zügige Ausfahrt gewährt wird."

Kurz darauf finden wir uns in unserem Reisebus wieder. Hier herrscht ein aufgeregtes Durcheinander, das sich erst wieder legt, als wir aus dem Schiffsbauch in die französische Dunkelheit fahren. Während die anderen nach und nach einschlafen, sitze ich da, als hätte ich eine ganze Flasche Cola alleine getrunken. Hellwach starre ich in die Nacht hinaus. Erst als wir über die deutsche Grenze gefahren sind, wird die Dunkelheit von zart hervorbrechenden Sonnenstrahlen langsam verdrängt. Neben mir gibt Tonne im Schlaf quiekende Geräusche von sich. Ansonsten genieße ich die Stille, während wir an Feldern, Dörfern und Wäldern vorüberrauschen.

Kurz bevor wir Gut Wolkenstein erreichen, erhebt sich wieder ein lustiges Geschnatter im Bus.

„Wow, sag bloß, du bist vor mir aufgewacht", schnauft Tonne, als sie ihre Augen schläfrig öffnet und sich in meine Richtung dreht. „Ich dachte schon, dass dich deine Reisetablette für den Rest deines Lebens in ein Murmeltier verwandeln würde."

„Haha, wie lustig", sage ich, dabei gähne ich völlig übertrieben.

Tonne streckt sich und wuschelt sich durch die Haare.

„Ich brauche unbedingt eine Dusche", jault Janine von hinten. „Ich sehe aus, als käme ich aus dem Dschungel." Wild bürstet sie sich durch die Haare, sodass Vicky ihre Arme schützend vor ihr Gesicht hält.

„Ich finde, du siehst aus wie immer", mischt sich Ela ein, wofür sie von Janine mit finsteren Blicken bestraft wird.

Wir anderen müssen lachen.

Unsere Janine ist und bleibt eine Schönheitskönigin, denke ich und schüttle den Kopf.

„Ich freue mich auf zu Hause!", sagt Tonne.

„Ich auch!", sage ich freudig und sehe meinen Papa und meine Omi vor mir.

Mit einem Rumpeln fahren wir auf den Kiesweg, der zum Gut führt. Die Vorfreude ist jetzt im ganzen Bus zu spüren.

„Egal wie schön es in England auch war, bei uns ist es doch immer noch am schönsten!", jauchzt Lissy und nimmt Pauline in den Arm.

Wie eine Horde angreifender Indianer stürmen wir kurz darauf aus dem Bus, um unser Gut und alle, die wir hier zurücklassen mussten, zu begrüßen.

Nachdem ich meine unausgepackte Tasche auf unser Zimmer gestellt habe, überlasse ich Tonne sich selbst und gehe zur Weide, auf der die Schafe mampfend in der Sonne stehen.

„Mecky“, rufe ich und muss lächeln, als das dicke Wollknäuel sofort auf mich zugetrabt kommt. Vorsichtig klettere ich über den Zaun und streichle mein Schäfchen. „Ich bin wieder da, mein Kleiner“, sage ich und lege meinen Kopf auf sein wuscheliges Fell, was Mecky mit einem lauten Geblöke beantwortet. „Leider nur kurz. Heute Nachmittag muss ich schon wieder fort. Mein Papa wird mich später abholen.“

Mecky blökt nochmal und läuft dann zurück zur Herde.

Ich winke hinter ihm her. „Schön, dass es dir gut geht!“, sage ich noch und gehe dann zurück zum Internatsgebäude.

Klare Verhältnisse

„Da bist du ja!“, schreie ich meinem Papa entgegen, als er aus dem Auto steigt. Ich renne in seine Arme und er wirbelt mich durch die Luft.

„Na endlich!“, sagt er und drückt mich an sich, als wäre ich sein Kuschelkissen. Ich blicke in seine warmen Augen und fühle mich wunderbar leicht und geborgen.

„Ich liebe dich, meine kleine Maus!“, flüstert er mir ins Ohr.

„Ich dich auch, Papa!“, sage ich. „Ich hole noch schnell meine Sachen und verabschiede mich von den Mädchen.“ Ich renne über den Kiesweg zum Eingang.

„Lass dir ruhig Zeit. Ich werde hier warten“, ruft mir mein Papa hinterher.

Irgendwie beschleicht mich das Gefühl, dass er das Wort „ruhig“ extra betont hat. Ich kann mir ein Grinsen nicht verkneifen.

Als ich fröhlich in Tonnes und mein Zimmer stolpere, lasse ich mich auf Tonnes Bett plumpsen.

„Dein Papa ist schon da?“, fragt sie grinsend.

„Woher weißt du das?“, frage ich sie gespielt geschockt zurück.

„Ich weiß alles über dich! Das Funkeln in deinen Augen hat es verraten und die hektische Gitty, die gerade wie von einer Hornisse gestochen über den Hof gerannt ist“, lacht Tonne.

„Du bist und bleibst eine aufmerksame Beobachterin", sage ich, während ich Tonne zu mir auf das Bett ziehe. „Papa hat gesagt, ich soll mir ruhig Zeit lassen."

Tonne sieht mich mit hochgezogenen Augenbrauen an und schüttelt dann ihren Kopf: „Wer hätte das gedacht: unsere Gitty und dein Papa?!"

Noch eine Weile blödeln wir herum, bevor ich vom Bett aufspringe und Tonne nochmal kräftig drücke. „Die zwei haben jetzt wirklich genug Zeit gehabt!", stelle ich fest und wir beide müssen wieder kichern.

„Ich werde dich vermissen", sage ich.

„Genieß die Zeit zu Hause. Es sind ja nur die kurzen Herbstferien", entgegnet Tonne und zwinkert mir aufmunternd zu.

Auf dem Flur verabschiede ich mich noch von ein paar anderen Mädchen und laufe dann zielstrebig zu Luisas Zimmer. Ich treffe sie halb in ihrem Schrank liegend beim Packen an. „Hey", sage ich. Luisa steckt den Kopf aus dem Schrank.

„Ich wollte dir noch Tschüss sagen", erkläre ich. „Mein Papa ist schon da."

Luisa rappelt sich hoch.

„Ich habe die Zeit mit dir in England wahnsinnig genossen", sage ich und nehme sie in den Arm.

„Ich auch", sagt Luisa. Dabei hält sie mich so fest, als wollte sie mich nie wieder loslassen.

„Ich dachte, ich gebe dir etwas für die Ferien mit." Ich löse mich aus der Umarmung und hole meine kleine Bibel aus der Tasche. „Ich besorge dir noch eine eigene, aber bis dahin darfst du die hier benutzen." Ich halte Luisa meine Bibel mit den lustigen Fotos auf dem Einband hin und sie nimmt sie mit einem breiten Grinsen entgegen.

„Ich werde gut auf sie aufpassen", verspricht sie. „Und mich auf die Suche machen." Luisa streicht sich eine blonde Haarsträhne aus dem Gesicht und schenkt mir zum Abschied ein zauberhaftes Lächeln.

„Du kannst mich gerne mal anrufen", sage ich, bevor ich die Zimmertür hinter mir schließe. Dann flitze ich zu meinem Papa, der mit Gitty vor unserem Auto steht.

Ich zwinkere Gitty zu, während ich mein Gepäck vor den Kofferraum stelle. Dann umarme ich Gitty herzlich und verschwinde im Inneren des Autos, um den beiden noch ein paar Sekunden alleine zu geben. Ich grinse vor mich hin und genieße es, dass dieses Mal mein Papa derjenige ist, der keine Ahnung hat.

Nachdem sich die beiden voneinander verabschiedet haben, lässt sich Papa neben mich ins Auto plumpsen. „Na dann, ab nach Hause mit uns!", sagt er und lässt den Motor an.

Ich drehe mich zum Seitenfenster, damit Papa mein Grinsen nicht sieht.

„Omi wird auch ein paar Tage bei uns sein", sagt er, als wir den Kiesweg verlassen.

„Das ist ja genial!", freue ich mich. Meine Omi hat mit einer anderen älteren Dame, die sie nach ihrem Schlaganfall in der Reha kennengelernt hat, eine WG gegründet und wohnt seitdem nicht mehr bei uns im Haus.

Nachdem wir eine Weile gefahren sind und ich die ganze Zeit auf meinen Papa eingeplappert habe, lasse ich meinen Blick über die hügelige Landschaft gleiten und frage mich, wie ich unser Gespräch auf Gitty lenken kann.

Doch das nimmt mir Papa ab: „Gitty habt ihr scheinbar ganz schön geschafft – so müde, wie sie aussah."

Ich schmunzle ein wenig und sage dann: „Ja, die Gitty hat sich aber auch wirklich seltsam aufgeführt in der letzten Woche."

Mein Papa blickt mich interessiert von der Seite an. „Was meinst du mit seltsam?", fragt er.

„Vielleicht hatte das mit dem Brief zu tun, den sie ständig mit sich herumgeschleppt hat", mutmaße ich und blicke wieder aus dem Seitenfenster, denn ich muss grinsen wie ein Honigkuchenpferd. „Kannst du dir vorstellen, wer Gitty einen Brief nach England schickt?"

Papa sieht schnell zur Seite und gibt nur ein nichtssagendes Grunzen von sich.

„Ach ja, danke übrigens für deine Karte, Papa. Ich habe zwar erst einen Riesenschock bekommen, als Gitty mir die Karte eines Morgens gegeben hat, weil ich dachte, es wäre etwas Ernsthaftes passiert. Sonst schreibst du mir ja eigentlich nie."

Ich mustere meinen Papa, der mit den Schultern zuckt und irgendetwas murmelt von „Es war mir mal danach …".

„Und weißt du, was seltsam ist?“, frage ich ihn. „Ich glaube, dass ab dem Tag, an dem deine Karte ankam, Gitty so seltsam war. Wirklich komisch! Wir dachten schon, sie hätte zu viel englischen Schwarztee getrunken.“

Wieder sehe ich meinen Papa an, der verkrampft versucht, sein breites Grinsen vor mir zu verstecken.

„Papa?“, frage ich forschend. „Was ist mit dir los? Du bist ja ganz rot im Gesicht.“

„Ist ganz schön heiß hier drin“, stottert er und dreht das Gebläse des Autos auf die höchste Stufe, sodass durch den Lärm jede weitere Frage unmöglich wird. Ich blicke aus dem Fenster und grinse, was das Zeug hält.

Nachdem sich Papa wieder einigermaßen gefangen hat, fährt er das Gebläse runter und streicht sich durch die Haare. „Was hast du eigentlich mit dem Brief angestellt, den ich dir vor eurem Ausflug nach England geschickt habe?“

Seine Frage trifft mich ganz unvorbereitet. Mein Herz schlägt ein wenig höher. „Ich habe mich entschlossen, ihn zu Hause zu lesen, damit ich dir, wenn nötig, sofort ein paar Fragen dazu stellen kann“, antworte ich.

Papa nickt, dabei schluckt er laut. „Du hast dich also entschlossen, ihn zu öffnen“, sagt er zögernd.

„Ich hatte ihn bestimmt schon dreimal in den Müll geworfen“, seufze ich. „Aber irgendwie finde ich es ihr gegenüber nicht fair. Natürlich hat sie sich dir und mir gegenüber mehr als unfair verhalten. Trotzdem sagt irgendetwas in mir, dass ich ihr die Chance geben soll.“

„Eigentlich war ich mir sicher, dass du den Brief nicht wegschmeißt“, sagt Papa, fährt rechts ran und hält das Auto an. Dann blickt er mir tief in die Augen. „Ich glaube, du musst den Brief lesen, meine kleine Maus“, sagt er und zieht mein Kinn in seine Richtung. „Alles andere würde dein liebendes Herz hart machen und das wärst dann nicht mehr du.“

Mir steigen Tränen in die Augen. Ich bin mal wieder unendlich dankbar, dass mein Papa mich so gut kennt und lege mein Gesicht in seine große Hand.

„Weißt du, Gott hat gesagt, dass denen, die ihn lieben, alles zum Besten dienen wird. Und daran glaube ich ganz fest!“, erklärt Papa.

„Danke!“, sage ich und merke, wie ich zuversichtlicher werde. „Dann lass uns mal nach Hause fahren und es hinter uns bringen.“

„Ich bin wahnsinnig stolz auf dich, meine kleine Kämpferin“, sagt Papa und auf seinem Gesicht erscheint ein breites Lächeln.

Als Papa wenig später die Tür unseres Reihenhauses öffnet, regnet es.

„Omi kommt erst morgen früh zum Frühstück“, sagt Papa. „Nimm dir für den Brief so viel Zeit, wie du brauchst.“ Er streicht mir zärtlich über meine Haare und ich steige mit meiner Tasche die schmale Holztreppe hoch zu meinem Zimmer. Auf halber Höhe drehe ich mich noch einmal um.

Papa steht immer noch unten und sieht mich aufmunternd an. „Ich bin hier unten, wenn du mich brauchst!“, sagt er und nickt mir Mut machend zu.

An das Fenster in meinem Zimmer prasseln Regentropfen. Im Raum riecht es nach frischer Wäsche und Lavendel. *Omi konnte es wieder nicht lassen*, denke ich, während ich meine Tasche auf den Boden sinken lasse. Mein Blick bleibt an meinem Nachttisch hängen. Dort steht eine Postkarte mit dem Vers „Alles ist möglich für den, der glaubt“. *Was soll mir passieren?*, frage ich mich lächelnd. *Mein Vater im Himmel hat schließlich einen wundervollen Plan für mein Leben.*

Ich lasse mich auf mein kuscheliges Bett fallen und ziehe mit zittrigen Fingern den zerknüllten Briefumschlag aus der Hosentasche meiner selbst gebatikten Jeans. Ich lege ihn vor mich auf mein Kissen. In sauberer Handschrift sind mein Name und die Adresse daraufgeschrieben: „An Melanie Meisentöter“. Ich streiche den Brief mit meiner Hand glatt und drehe ihn um. „Mirijam Vogt“ steht dort in feinen Druckbuchstaben. Sie betteln mich förmlich an, den Brief endlich zu lesen. Mit einem Ruck öffne ich den Umschlag, und ziehe die beschriebenen Blätter heraus.

Als ich die erste Zeile lese, stockt mir der Atem und mein Herz fängt wie wild an zu schlagen. Ich vergesse alles um mich herum. Nur noch der Brief steht ganz klar vor meinen Augen. Der Brief einer Fremden, die sich meine Mutter nennt, aber nie eine Mutter für mich war.

„Liebe Melanie,

ich hoffe so sehr, dass du diesen Brief liest und ich eine Chance bekomme dir zu erklären, was eigentlich nicht zu erklären ist. Jetzt, als ich anfange zu schreiben, kommt es mir vor, als wäre es überhaupt nicht möglich, all das, was ich fühle, auf dieses Blatt zu bringen. Aber ich will es versuchen, weil ich es dir und deinem Papa schuldig bin. Mein Herz rast gerade wie wild. Ich glaube, ich fange jetzt einfach an, sonst lege ich den Stift doch wieder beiseite, wie ich es schon hunderttausendmal getan habe.

Um dir zu erklären, wie es dazu kam, dass ich einfach so aus deinem Leben verschwunden bin, muss ich ein wenig ausholen. Du musst wissen, dass ich deinen Papa kennengelernt habe, als wir beide in der Schule vor der Tür eines Prüfungsraumes saßen und darauf warteten, zu unserer mündlichen Prüfung hereingerufen zu werden. Ich war fürchterlich aufgeregt und erinnere mich noch heute angsterfüllt an diesen Moment. Dein Papa saß ruhig und friedlich da, während ich vor Aufregung zappelte und zitterte. Mit seinen blauen Augen sah er mich mitfühlend an und versuchte, mich in ein unverfängliches Gespräch zu verwickeln, um mich abzulenken. Ich war ihm so wahnsinnig dankbar dafür und habe mich vom ersten Augenblick in diesen jungen Mann verliebt. Tatsächlich habe ich dann irgendwie die mündliche Prüfung überstanden und mich bei ihm mit einem dicken Eisbecher bedankt. So kam es, dass wir uns ein bisschen näher kennenlernten. Damals waren wir fünfzehn Jahre alt. Wir verbrachten in den nächsten zwei Jahren fast jede freie Minute zusammen und waren unzertrennlich.

Natürlich blieb es nicht nur bei netten Gesprächen, denn wir fanden uns gegenseitig sehr anziehend. Nach einer Geburtstagsfeier, bei der wir beide einiges getrunken hatten, passierte dann das Unvermeidliche. Das Resultat einer viel zu stürmischen Liebe warst du. Als ich bemerkte, dass ich mit dir schwanger war, war ich wie vor den Kopf gestoßen. Schließlich war ich selbst fast noch ein Kind. Dein Vater nahm mir aber mit seinem herrlichen Optimismus meine Angst und so wurde ich einige Monate später die Mama einer total süßen Tochter. Dein Papa und ich zogen in eine kleine Wohnung und versuchten, so gut, wie es uns möglich war, für dich da zu sein. Wäre allerdings deine wunderbare Omi nicht gewesen, die uns, wo sie nur konnte, unter die Arme gegriffen hat, hätten wir es niemals geschafft!

Mir wurde allerdings immer klarer, dass ich mehr und mehr überfordert war. Dein Papa musste arbeiten, um uns drei durchzubringen, und ich fühlte mich zu Hause mit dir, die du ganz klein und zerbrechlich warst, wahnsinnig einsam. Wie sollte ich für so einen wertvollen Schatz sorgen können, wo ich selbst nicht wusste, wer ich war? An allen Ecken und Enden fehlte es mir an Erfahrung und Durchblick. Irgendwann hatte ich keine Kraft mehr und wurde zunehmend verzweifelt und hatte das Gefühl, mich selbst nicht mehr zu kennen. Ich distanzierte mich von den Menschen um mich herum und machte dich für meine Leere und Einsamkeit verantwortlich. Meine Gefühle zu dir wurden immer liebloser und kälter und mein Verlangen, mich aus der Beziehung zu dir und deinem Papa zu lösen, immer größer.

Eines Morgens, als ich mit dir im Auto zum Kinderarzt fuhr, passierte etwas Schreckliches: Auf einer Landstraße kamen wir mit dem Auto bei sehr hoher Geschwindigkeit durch meine Unachtsamkeit und Gleichgültigkeit von der Straße ab, und ich setzte das Auto fast gegen einen Baum. Um Haaresbreite wäre das dein und mein Ende gewesen, was mich zu meinem Erstaunen rein gar nicht erschütterte. Als ich das realisierte, saß ich wie erstarrt hinter dem Steuer und mir wurde mit jedem Atemzug klarer, dass ich eher eine Gefährdung für dich war als eine Mutter. Während du aus Leibeskräften schriest, verspürte ich nur eine große Leere in mir. Ich fuhr nach Hause und legte dich in dein Bett. Ich wusste, dass in der nächsten Stunde dein Papa nach Hause kommen würde. Dann setzte ich mich ins Auto und fuhr und fuhr und fuhr. Immer weiter fuhr ich von den beiden Menschen weg, die ich nicht mehr lieben konnte.

Diese Schuld zerfraß mich in den Jahren danach. Ich versuchte, sie in die tiefste Finsternis meines Herzens zu verscheuchen, was mir aber nur gelang, wenn ich genug Alkohol getrunken hatte. So verlor ich mich selbst auch immer mehr und geriet in einen schrecklichen Kreislauf. Nur durch sehr viel Hilfe von Menschen, die mir in dieser Zeit zur Seite standen, kam ich nach Jahren wieder auf die Füße und begann ein ganz neues Leben. Trotzdem wurde ich die Schuld, die ich auf mich geladen hatte, als ich euch im Stich ließ, nicht los.

Im letzten Jahr lernte ich eine Frau kennen, die mir erzählte, dass es jemanden gibt, der gekommen ist, um die ganze Schuld von unseren Schultern zu nehmen. Neugierig ging ich mit ihr in eine christliche Gemeinde und entdeckte, dass es einen Gott gibt, der bereit ist, mir zu vergeben und mich trotz meiner Vergangenheit zu lieben. Tatsächlich schaffte ich es durch seine Liebe, die Schuld abzugeben. Der Wunsch danach, auch dich um Vergebung zu bitten, wurde immer größer. Nach ein paar Nachforschungen fand ich heraus, wo du wohnst, und jetzt sitze ich hier und schreibe diesen Brief. In der Hoffnung, dass du mir vergeben kannst, dass ich nie eine Mutter für dich war, obwohl du eine gebraucht hättest. Ich möchte mich aus tiefstem Herzen für das entschuldigen, was ich dir mit meinem egoistischen Verhalten angetan habe. Auch wenn sich das völlig verrückt anhört, möchte ich dich bitten, dass du mir vergibst.“

Während ich auf das Blatt Papier in meiner zittrigen Hand starre, tobt in meinem Herzen ein erbitterter Kampf zwischen Wut und Liebe. Ich fühle mich unfähig, Mirijam zu vergeben, aber auch gleichzeitig unfähig, sie zu hassen. Mir laufen viele Tränen des Zorns, der Liebe und der Verzweiflung über mein Gesicht.

Gott, wie soll ich es schaffen, meiner Mutter zu vergeben? Ich will nicht!, schreie ich in meinem Herzen. Ich vergrabe das Gesicht in meinem Kissen. Satzfetzen aus dem Brief kreisen durch meinen Kopf.

„Ich kann nicht“, stöhne ich laut auf und laufe zum Fenster. Als ich durch die Scheibe blicke, werden die Satzfetzen von anderen verjagt: *Natürlich kannst du das. Nicht aus deiner eigenen Kraft, aber ich helfe dir, denn meine Gedanken sind nicht zu messen an euren Gedanken und meine Möglichkeiten nicht an euren Möglichkeiten.*

Ich muss lächeln, weil ich weiß, dass das die Wahrheit ist, die mir da gerade in meinem Herzen Ruhe verschafft. „Mit deiner Hilfe!“, sage ich laut durch den stillen Raum. „Mit deiner Hilfe will ich es versuchen!“, sage ich noch einmal entschlossen und nehme die Blätter, die verstreut auf meinem Bett liegen, wieder in die Hände.

Ich atme tief ein und versuche, mich auf die letzten Zeilen des Briefes zu konzentrieren.

„Wenn ich heute zurückblicke, weiß ich, dass ich das größte Geschenk, das Gott mir anvertraut hat, weggestoßen habe. Vielleicht sind ja meine Zeilen der Anfang, um doch noch einen kleinen Anteil davon zu erhaschen.

Ich vertraue Gott, dass er dich ganz fest in seinen Händen hält und über dich wacht.

Von ganzem Herzen grüßt dich
Mirijam

PS: Dein Papa hat meine Adresse, denn ich habe ihn vorher gefragt, ob ich dir diesen Brief schreiben darf. Wenn du das Wagnis eingehen möchtest, dann melde dich. Ich würde mich über alle Maßen freuen!“

Ich strecke mich auf meinem Bett aus. Wie eine warme Decke lasse ich mich von dem Frieden, der sich in meinem Herzen breitmacht, zudecken. Ich nehme mir fest vor, alle weiteren Schritte mit Gott zusammen zu machen, denn er weiß, was gut ist für mich.

Da klopft es an meine Zimmertür.

„Komm ruhig rein, Papa“, rufe ich.

Vorsichtig lugt Papa herein und sieht mich fragend an. Ich klopfe auffordernd neben mich auf mein Bett, und Papa setzt sich auf die Kante.

„Ich habe dir kalte Limonade mitgebracht“, sagt er und hält mir ein sprudelndes Glas hin.

„Danke“, sage ich und setze mich auf. Nachdem ich einen großen Schluck getrunken habe, lehne ich mich an mein Bettgestell. Papa setzt sich neben mich. „Dir hat sie vor mir einen Brief geschrieben?“, frage ich.

Papa nickt. Er holt tief Luft, bevor er mir antwortet. „Ich habe eine ganze Weile gebraucht, um mich dazu zu entschließen, ihr zu vergeben“, sagt er zögernd. „Aber als ich es getan hatte, kam es mir so vor, als fiele eine Last von meinem Herzen. Ich fühlte mich befreit.“

„Ich glaube, ich würde ihr gerne zurückschreiben“, sage ich unvermittelt und wundere mich selbst über meine schnelle Entscheidung.

„Das freut mich riesig!“, sagt Papa und nimmt mich in seine starken Arme. Für eine ganze Weile ist es still im Zimmer.

„Weiß Omi schon von den Briefen?", frage ich in die Stille hinein.

„Ja, Omi muss sich schon seit Wochen mit meinen zwiespältigen Gefühlen auseinandersetzen", berichtet Papa. „Sie war es auch, die mich dazu gebracht hat, den Brief an dich weiterzugeben."

Ich muss grinsen, weil ich meine Omi vor Augen habe, die sich jedem Problem mit ganzem Herzen stellt. „Das kann ich mir vorstellen", sage ich.

Papa richtet sich auf und sagt: „So, wir müssen uns langsam mal eine Mütze Schlaf abholen, bevor der neue Tag anfängt und neue Abenteuer auf uns warten. Da ich morgen noch eine kleine Überraschung für dich und Omi habe, müssen wir jetzt wirklich ins Bett." Als Papa das sagt, grinst er schelmisch.

Die Überraschung

„Aufstehen, mein kleines Murmeltier!“, höre ich Omis Stimme an meinem Ohr.

Ich reiße meine Augen auf und da steht sie vor meinem Bett. „Omi!“, rufe ich.

Omi drückt und kuschelt mich so doll, dass mir fast die Luft ausgeht.

„Endlich!“, jauchze ich und kann es immer noch nicht fassen, dass ich Omi endlich wiederhabe.

„Dann mach dich mal schnell fertig“, sagt Omi, die sich eine Freudenträne aus dem Gesicht reibt. „Schließlich wollen wir die Zeit miteinander voll ausnutzen, meine kleine Prinzessin.“ Omi geht zum Fenster und schiebt die blauen Vorhänge zur Seite, sodass herrliche Sonnenstrahlen mein Zimmer durchfluten.

Ich springe mit einem Satz aus dem Bett. „Ich beeile mich!“, rufe ich, während ich zum Badezimmer renne.

Als ich wieder in mein Zimmer zurückkomme, ist mein Bett gemacht und obenauf liegt ein Zettel, zusammen mit zwei Lavendelstängeln. Ich entscheide mich, den Zettel später zu lesen, ziehe mir schnell einen Pulli über und springe in meine Jeans. Dann stürme ich die Treppe runter und stürze in die Küche, in der Papa und Omi schon am Frühstückstisch warten.

„Guten Morgen!“, sage ich und drücke meinem Papa einen dicken Schmatz auf die Backe.

„Welch Glanz in unserer Hütte!“, sagt er geschwollen und wir müssen alle lachen.

Während wir uns über das Frühstück hermachen, plaudern wir fröhlich über dies und das.

„Was hast du eigentlich für eine Überraschung für uns?“, fragt Omi neugierig meinen Papa.

„Ich werde euch heute jemanden vorstellen“, sagt er etwas verlegen.

Omi und ich werfen uns vielsagende Blicke zu.

„Ich habe da eine ganz nette junge Dame kennengelernt“, stottert Papa unbeholfen weiter.

„Das wurde ja auch mal Zeit!“, ruft Omi und springt von ihrem Stuhl auf, um meinen Papa zu umarmen.

Papa sieht mich mit hochgezogenen Augenbrauen an.

Typisch Omi!, denke ich und muss grinsen.

Als sie Papa losgelassen hat, blickt er immer noch ein wenig verwirrt drein und setzt seine Erklärung fort: „Ich habe im Tierheim eine wunderschöne Golden-Retriever-Dame kennengelernt, die mir auf Anhieb gefallen hat und die ich mit euch heute abholen möchte, um sie als neues Familienmitglied zu begrüßen.“

Omi, die ihren Mund nicht mehr zubekommt, starrt Papa mit weit aufgerissenen Augen an und schnappt unregelmäßig nach Luft.

„Ich dachte, es handelt sich um ein menschliches Wesen“, schnauft Omi enttäuscht. „Stattdessen willst du uns einen Köter vorstellen. Das nächste Mal drück dich bitte gleich ein bisschen klarer aus, bevor ich mich ganz umsonst zum Affen mache."

Während Omi mit ärgerlicher Miene den Kopf schüttelt, treffen sich meine Blicke mit denen meines Papas und wir brechen in schallendes Gelächter aus. Omi sieht uns fragend an, während wir beide uns nicht mehr halten können vor Lachen. Schnaufend halte ich mir den Bauch. Auch Papa hängt japsend auf seinem Stuhl und schnappt nach Luft, weil er von immer neuen Lachattacken geschüttelt wird. Omi sitzt da und versucht krampfhaft zu verstehen, was hier gerade abläuft.

Da röchelt mein Papa: „Das mit dem Hund war nur ein Scherz."

Bei Omi fällt der Groschen. Erst grinst sie breit über ihr rundes Gesicht, dann fängt sie amüsiert an zu kichern und zum Schluss verwandelt sich ihr Grinsen in eine grimmige Miene. Sie steht wieder auf und boxt meinen Papa dieses Mal wütend auf die Schulter, der daraufhin noch mehr lachen muss.

„Toller Scherz!", grummelt sie. Trotz ihres Ärgers ist ihr die Erleichterung anzuspüren.

„Och, schade", sage ich gespielt enttäuscht. „So ein Hündchen wäre doch echt nett gewesen."

Omi sieht mich strafend an und Papa wird von einer Sekunde auf die andere wieder ernst. „Jetzt mal Spaß beiseite", sagt er. „Die Hündin … äh, die nette junge Dame" – Omi und ich müssen lachen – „also die weibliche Person, die ich euch heute vorstellen will, ist ganz besonders liebenswert. Ich denke, ihr werdet sie mögen." Mittlerweile hat er ein ziemlich rotes Gesicht.

Omi, die es scheinbar nicht mehr abwarten kann, ruft aus: „Na dann, lasst uns mal keine Zeit verlieren. Wann treffen wir sie?"

„Heute Mittag im Park-Café", sagt Papa. „Du musst dich also noch ein Weilchen gedulden."

„Ich hoffe, sie sieht nicht aus wie ein Golden Retriever", sage ich grinsend, ernte dafür aber nur missbilligendes Grummeln.

„Als ob es darauf ankommt", schnauft Omi und schenkt sich Kaffee nach.

„Ich bin mir ziemlich sicher, dass du sie mögen wirst", sagt Papa zu mir.

„Sei dir mal nicht so sicher", witzele ich und zwinkere ihm zu.

„Wenn dein Vater sie mag, mögen wir sie auch!", sagt Omi bestimmt und klatscht freudig in die Hände.

„Du bist ja aufgeregter als Papa und ich zusammen", stelle ich fest, als wir später durch den Park laufen.

Omi drückt meine Hand so fest, dass ich das Blut darin pochen fühle. „Das ich das noch erleben darf", schnauft sie. „Wer hätte es für möglich gehalten, dass dein Vater tatsächlich Zeit findet, um eine Frau kennenzulernen." Wieder und wieder schüttelt sie den Kopf. „Ich bin ja so aufgeregt."

„Kann ich nicht verstehen", sage ich und ernte erstaunte Blicke von meinen Papa und meiner Omi. Tatsächlich bin ich völlig entspannt, weil ich ja weiß, wer uns im Café erwarten wird.

Während wir über einen sandigen Weg laufen, frage ich mich, was Gitty sich wohl für diesen besonderen Anlass angezogen hat.

„Du bist wirklich überhaupt nicht gespannt?", fragt Papa, als wir um eine Biegung laufen und auf das Café zusteuern.

Ich grinse nur und sage gar nichts. Er sieht mich irritiert an und ich genieße es in vollen Zügen, ihm die Verwirrung am Gesicht ablesen zu können.

„Unglaublich!", haucht Omi. „Ich habe glitschige Hände und fühle mich, als würde ich kurz vor einem Zahnarztbesuch stehen."

„Wir treffen nur eine Frau – keinen Zahnarztbohrer oder Golden Retriever", sage ich, was meine Omi aber nicht wirklich beruhigt.

Wir steigen auf die Terrasse des Cafés und begutachten die Personen, die hier an den vielen Tischen sitzen. Besonders Omi lässt ihren Adlerblick über jeden schweifen und versucht krampfhaft, Papas „Flamme" ausfindig zu machen.

„Da hinten sitzt sie!", ruft Papa und zeigt auf einen Tisch, der durch die Sonnenschirme ziemlich verdeckt ist.

Wir bahnen uns den Weg durch die Stühle und Tische. Als Gitty sich erhebt und uns mit ihren großen Augen anstrahlt, sehe ich, dass Omi lächelt. Gitty trägt einen

Blümchenrock und mehrere Schichten T-Shirts. *Schick*, denke ich, während ich ihr zuzwinkere.

Papa sieht zuerst mich und dann Gitty verdattert an, weil der große Schock meinerseits völlig ausbleibt. Ich stürme auf Gitty zu und lasse mich von ihr in den Arm nehmen.

„Du hast ihm noch gar nichts erzählt?“, fragt sie mich, dabei grinst sie meinen Papa vielsagend an. Ich schüttle den Kopf. „Auch Frauen haben ihre Geheimnisse“, sagt Gitty und geht auf meine Omi zu, die ziemlich verdattert unsere Begrüßung beobachtet hat.

„Stehe nur ich auf dem Schlauch?“, fragt sie in die Runde. Doch dann begrüßt sie Gitty so herzlich, dass ich mir ernsthafte Sorgen um sie mache.

Papa steht immer noch verdutzt da. „Frauengeheimnisse – das fängt ja früh an“, schnauft er, doch dann fällt alles von ihm ab, als sich Gitty ihm zuwendet. Ein Lächeln breitet sich immer mehr über seinem Gesicht aus und er nimmt Gitty wie eine zerbrechliche Porzellanpuppe in seine Arme. Ein wenig Eifersucht beschleicht mich in diesem Moment, das gebe ich zu.

Während wir uns gemeinsam am Tisch niederlassen, kann Omi ihre große Freude nicht bändigen und redet ununterbrochen auf Gitty ein. „Woher kennt ihr euch?“, fragt Omi mich schließlich, nachdem sie Gittys Hand losgelassen hat.

„Gitty lebt auf Gut Wolkenstein. Sie ist der Sonnenschein, von dem ich dir erzählt habe“, erkläre ich.

Ein amüsiertes Lächeln tanzt über Gittys hübsches Gesicht.

„Und wie lange weißt du schon von Gitty und mir?“, fragt mein Papa, der seine Speisekarte zur Seite gelegt hat.

„Ich habe es erfahren, nachdem Gitty in England dein Brief aus der Tasche gefallen ist“, berichte ich. „Und wenn du jemandem einen Brief schreibst, muss es ziemlich ernst sein. Das war mir sofort klar“, füge ich noch mit einem erhabenen Blick hinzu.

„Das kannst du wohl laut sagen“, schnauft Omi. „Ich warte immer noch auf die Karte, die er mir angeblich vom Feriencamp aus geschrieben hat, als er mit acht Jahren das erste Mal von zu Hause fort war. Und in der Zeit von damals bis jetzt hat mich per Brief noch nie eine Nachricht von dir erreicht.“

„Jetzt übertreibst du aber ein wenig“, fällt mein Papa meiner Omi empört ins Wort. „Als du 50 Jahre alt geworden bist, habe ich dir eine Karte geschrieben.“

„Wenn du eine Unterschrift unter einen gedruckten Text setzen als schreiben bezeichnest, dann muss ich dir in dem Punkt recht geben“, kichert meine Omi amüsiert.

„Na, dann muss ich mich ja wahnsinnig geehrt fühlen“, sagt Gitty, die die kleine Diskussion interessiert verfolgt hat.

„Das kannst du laut sagen“, stellen Omi und ich wie aus einem Mund fest und wir alle müssen lachen.

Nachdem wir gegessen und völlig entspannt miteinander geplaudert haben, ist Omis Aufregung wie weggeflogen.

Wir schlendern gemeinsam durch den Park, suchen flache Steine, die wir in einem kleinen Wettkampf über den See hüpfen lassen und amüsieren uns dabei riesig.

Komisch, überlege ich, *irgendwie fühlt es sich an, als wären wir schon immer zusammen gewesen.* Ich bin über dieses Gefühl so froh, dass ich Gott von ganzem Herzen dafür danke.

Als wir am frühen Abend alle glücklich zu unserem Haus schlendern, ergreift Papa das Wort: „Ihr beiden könnt euch heute einen schönen Abend zu zweit machen." Dabei lächelt er Omi und mich breit an. „Ich werde Gitty noch nach Hause fahren und vielleicht verirren wir uns dabei noch in ein Kino."

„Mach dir mal keine Sorgen um uns", sagt Omi grinsend. „Wir kommen auch wunderbar ohne dich klar!" Sie wirft mir einen entschlossenen Blick zu und verabschiedet sich dann herzlich von Gitty.

„Na dann, habt einen schönen Abend!", sage ich und will mich gerade umdrehen, als mich eine große Hand an der Schulter festhält.

„Hey, meine kleine Maus – was ist mit einer gebührenden Verabschiedung?", fragt Papa ein wenig empört.

Ich grinse ihn an, umarme ihn und gebe ihm einen dicken Kuss auf die Wange. Dann umarme ich Gitty und gehe hinter meiner Omi her, die schon im Haus verschwunden ist.

Papa und Gitty, denke ich, als ich mich noch einmal umdrehe und beobachte, wie die beiden ins Auto steigen. Dann gehe ich ins Haus und freue mich auf einen entspannten Abend mit Omi auf unserem gemütlichen Sofa. So wie in alten Zeiten.

Als wir später auf dem Sofa sitzen, vor einem Tisch mit Naschereien und prickelnder Apfelsaftschorle, nimmt mich Omi in den Arm. „Da hast du ja mal wieder viel erlebt in den letzten Wochen“, stellt sie fest.

„Das kannst du wohl laut sagen“, schnaufe ich. „Manchmal dachte ich, ich schaffe es nicht, mit allem so umzugehen, wie Jesus sich es von mir wünscht.“

Omi streichelt mir über meine Wange. „Ich habe viel für dich gebetet“, sagt sie und lächelt mich an, sodass es mir warm ums Herz wird. „Ich habe deinem Vater geraten, dir den Brief von Mirijam zu geben. Eigentlich wollte er es dir ersparen, aber ich hatte den Eindruck, dass du ein Anrecht auf den Brief hast. Manchmal fühlen wir uns, als würden Puzzleteile in unserem Leben fehlen. Ich dachte, das wäre so eines, was dir irgendwann fehlen würde.“

Ich kuschle mich in Omis Arm und versuche zu verstehen, was sie meint. „Wie ist es dir ergangen?“, frage ich. „Wie schwer war es für dich, Mirijam zu verzeihen?“

„Eigentlich muss ich gestehen, dass ich immer noch damit kämpfe“, sagt Omi nachdenklich. „Meine Entscheidung, dass ich es tun will, steht zwar fest, aber du und dein Vater, ihr seid die wichtigsten Personen in meinem Leben. Es war damals sehr schwierig für mich mit dem umzugehen, was

Mirijam getan hat.“ Nach einer kurzen Pause fügt Omi noch hinzu: „Aber ich bitte Gott jeden Morgen neu, mir Kraft zu geben, Mirijam alles, was sie dir und deinem Vater angetan hat, vergeben zu können.“ Ein paar Tränen rollen jetzt über Omis Wange und ihre Lippen zittern. Ich nehme sie ganz fest in den Arm.

Nach einer Weile wischt sich Omi mit ihrem Taschentuch die Tränen vom Gesicht und seufzt: „Ich hoffe, dass es richtig war, dass wir dir den Brief gegeben haben.“

„Ja!“, sage ich aus vollem Herzen. „Ich bin euch dankbar, dass ihr es mir überlassen habt, den Brief zu öffnen.“

Nachdem wir eine ganze Weile einfach nur nebeneinander auf dem Sofa gesessen haben, schießt mir ein Gedanke wie eine Rakete in den Kopf: „Du, Omi, meinst du, wir können einer Freundin von mir eine Bibel besorgen?“

Omi sieht mich verdattert an, weil sie meinem Gedankensprung verständlicherweise nicht so schnell folgen kann.

„Ich habe Luisa, einem neuen Mädchen auf Gut Wolkenstein, meine Bibel mitgegeben, damit sie in den Ferien darin lesen kann“, erkläre ich schnell.

Omi freut sich sehr, dass ich eine Bibel verschenken möchte und sagt: „Die Bibel kaufen wir gleich morgen, versprochen!“

Als ich nach einem wunderschönen Abend mit meiner Omi auf mein Zimmer komme, schmeiße ich mich auf mein Bett. Mein Blick bleibt an dem kleinen Zettel, den Omi mir heute Morgen auf das Bett gelegt hat, hängen. Ich lese die zwei kurzen Bibelverse, die darauf stehen: „Seht hin; ich mache etwas Neues; schon keimt es auf. Seht ihr es nicht? Ich bahne einen Weg durch die Wüste und lasse Flüsse in der Einöde entstehen."

In meinem Zimmer ist es still, nur das Ticken der Uhr und die dumpfen Geräusche, die von unten zu mir nach oben dringen, sind zu hören. Ich strecke mich auf dem flauschigen Bettzeug aus. *Ich mache etwas Neues*, huscht es durch meinen Kopf.

Ich denke an Luisa, die eine meiner besten Freundinnen geworden ist, was noch vor zwei Wochen unvorstellbar war. Ich muss an den Rex denken, der Mut hatte, sich seiner Vergangenheit zu stellen. Ich muss grinsen, weil ich an Gitty und mich denke, wie wir in England in der Küche lachend auf dem Boden lagen. Ich sehe Papas Augen glitzern, als er mich über Gitty im Auto ausgehorcht hat. Und ich denke an den Brief, der etwas in meinem Leben verändert hat und an Mirijam Vogt, die ich irgendwann kennenlernen werde.

„Ich bahne einen Weg durch die Wüste und lasse Flüsse in der Einöde entstehen." *Wow!*, denke ich. *Eigentlich ist genau das in den letzten Wochen passiert. Ja, Gott, mit dir gehe ich weiter. Du sorgst für mich!*

Meine Gedanken kreisen weiter. „Schon keimt es auf. Seht ihr es nicht?", schwirrt es in meinem Kopf. *Was kündigt sich an?*, frage ich mich. *Wird das Leben meiner Familie auf den Kopf gestellt werden? Oder werden wir auf Gut Wolkenstein vor neuen Abenteuern stehen?*

Während meine Gedanken noch immer um die unbeantworteten Fragen kreisen, überkommt mich eine tiefe Müdigkeit … Ich flattere in schwindelerregende Höhen, kreise über Wälder, Städte und Flüsse. Über das wunderschöne England, unser geliebtes Gut Wolkenstein und über unser Reihenhaus.

Zur Autorin

Janita Pauliks wurde 1977 in Duisburg geboren und ist am wunderschönen Niederrhein aufgewachsen. Sie wurde Erzieherin und engagierte sich in der christlichen Kinder- und Jugendarbeit. Besonders der Pfadfinderverband „Royal Rangers“ hatte es ihr angetan. Nach einem Umzug ins Sachsenland nach Grimma, wo sie noch heute mit ihrem Mann und ihren drei Kindern lebt und Teil einer Gemeindegründung wurde, entdeckte Janita durch Zufall das Schreiben. Mittlerweile ist es ein Teil ihres Lebens, der ihr wahnsinnig viel Freude bereitet. Sie wünscht sich, noch möglichst viele Kinder und Erwachsene damit zum Lachen und Nachdenken zu bringen.

Darüber hinaus engagiert sich Janita bei „Compassion“, einem Hilfswerk, das über Deutschlands Grenzen hinaus Kindern durch Patenschaftsprogramme zum einen aus Armut hilft, ihnen Bildung und eine gesunde Entwicklung ermöglicht und ihnen zum anderen auch Jesus nahebringt. Als Advokatin bei „Compassion“ freut sie sich über die Entwicklung des eigenen Patenkindes und hofft, dass sich noch viele Unterstützer finden lassen.

Mit ihren Kindern und ihrem Mann genießt Janita jede freie Minute. Da spielt es keine Rolle, ob das beim wilden Fußballspiel oder beim Versteckspielen im Dunkeln ist.

Ein riesiges Dankeschön!

Irgendwie kann ich es noch gar nicht glauben, aber jetzt haltet ihr schon den zweiten Band von „Internat Gut Wolkenstein“ in den Händen. Danke, dass ihr mit mir die Geschichte weitererleben wollt. ☺

Ein fettes Dankeschön will ich diesmal an meine Eltern richten, die mir und meinen Geschwistern beigebracht haben, was im Leben wirklich wertvoll ist. Danke, ihr beiden. Ihr seid mir immer wieder ein Vorbild. Ich hab euch lieb!

Ganz viele Freunde haben mich immer wieder zum Schreiben ermutigt. Euch allen vielen Dank für eure Unterstützung! Danke Ina, Dani, Lilli, Conni, Annegret, Markus, Tanja und Evelyn!

Danke an meinen abenteuerlustigen Mann. Du hast mir für dieses Buch eine etwas gefährliche, aber gute Vorlage geschenkt. Der Kampf mit den Wellen im Atlantik war mehr als beeindruckend! Außerdem warst du auch bei diesem Band mein bester Ratgeber und liebster Ermutiger!

Meinen Kindern gebührt natürlich auch wieder eine Menge Dank. Schließlich seid ihr diejenigen, die sich Schokonüsse in die Nase stecken und mit Algen behängen. ☺

Ina und Manni. Ohne euch wären wir nie in den „Genuss“ von Cream Tea gekommen, auch wenn wir uns gewünscht hätten, vorher mal gefragt zu haben, wie man ihn trinkt … Danke!

Vielen Dank an dich, Helen. Du hast in dieses Buch wieder viel Zeit und Arbeit reingesteckt. Ich bin total dankbar, dich als Lektorin zu haben!

Mein dickstes Dankeschön geht an meinen Gott, der mir so viele wundervolle Dinge und Menschen schenkt und es immer wieder schafft, mir die Kraft für neue Herausforderungen zu geben! Danke Jesus, für deine Liebe!!!

LIVE Teens Bibel

Die Neues-Leben-Übersetzung wird dir gefallen! Sie bietet eine moderne Sprache, ohne die ursprüngliche Bedeutung zu verfälschen. Lebensnahe Einführungen zu den biblischen Büchern schaffen optimale Zugänge zur biblischen Botschaft, Hintergrundinfos und Hinweise zeigen, wo Jesus schon im Alten Testament zu finden ist. Unter der Überschrift „Du bist dran" wirst du herausgefordert, die Botschaft in deinem Alltag umzusetzen. Fotos, Grafiken und Gedichte lassen keine Langeweile aufkommen!

Paperback, 13,7 x 21,6 cm, 1376 S.
ISBN: 978-3-417-25178-4

SCM